営《えい》繕《ぜん》かるかや怪《かい》異《い》譚《たん》
その弐《に》

小野不由美

角川文庫
23212

目次

芙蓉忌

その女は、壁の向こうにいた。

貴樹《たかき》が書斎として定めた部屋からは、隣の家に住む女の様子を窺《うかが》うことができた。歳《とし》の頃は二十代の初めか。痩《や》せた小柄な女だった。おそらく芸妓《げいこ》なのだろう、艶《つや》やかに豊かな黒髪を結い、華やいだ着物に身を包んでいる。ときには結った髪を解いて梳《くしけず》る。洗い髪を一つに纏《まと》め、団扇《うちわ》で風を送っていることもあった。そんなとき、女は着慣れた様子の浴衣姿だったが、別の日にはくだけた縞《しま》の着物姿だったり、さらに別の日にはしどけない襦袢《じゅばん》姿だったりした。

女が貴樹に見せているのは、多くの場合、斜め後ろからの姿で、だから目鼻立ちは、はっきりしない。ただ、俯《うつむ》いた細い首の線が頼りなく、しかも抜けるように白かった。

どこか身体《からだ》に不調でもあるのか、病的な印象を抱かせる白さで、どうやらあまり出歩くこともないらしく、翳《かげ》った狭い部屋の中、囚《とら》われたように暮らしている。

文机《ふづくえ》に向かって書きものをし、別の日には頰杖《ほおづえ》を突いて物思いに耽《ふけ》り、さらに別の日には鏡に向かい、唇に紅を引いた。紅を引くときにすらどこか哀しげで、女が生き生きと何かをしている様子を、貴樹は目にしたことがない。むしろ何かで繫《つな》ぎ留めておかないと消え入りそうな風情があった。

その様子はなぜか貴樹に芙蓉の花を思い出させた。退紅《たいく》というのだろうか、少し褪《あ》せたようにくすんだ薄紅色の花。儚《はかな》く哀しげに思えるのは、芙蓉の花が朝に咲いて夕には萎《しぼ》む一日花のせいか、それとも近所の墓地にある大樹の印象が強いせいだろうか。

彼女は翳った部屋の中、芙蓉の枝が風に揺れるように、ゆらゆらと暮らしていた。訪ねてくる者もなく、語らう相手もいないようだった。だから貴樹は、女の声を知らない。ただ、幾度となく袂《たもと》を顔に当て、声を押し殺して女は泣いた。それで、その忍《しの》び音《ね》だけは耳に馴染《なじ》んでいる。

何が彼女を哀しませているのかは分からなかった。たぶん、何度も読み返している手紙と無関係ではないだろう。距離があって文面までは判別できず、したがってその手蹟《しゅせき》が男のものなのか女のものなのかも分からない。慕わしい男からの手紙なのか、あるいは懐かしい人からの便りなのか。愛《いと》おしそうに何度も目を通しては泣く。そのとき、涙を手紙に落とすまいとするかのように、必ず女は顔を背けた。そのたびに白い項《うなじ》と、さらに白く青みを帯びて見える耳朶《じだ》の裏側が眼を射た。

女は一日、その部屋にいる。だから貴樹も、一日、女を見守っていた。――そんな自分を、心のどこかで尋常でないと感じながら。

貴樹が最初にその女の存在に気づいたのは、実家に戻ってきて半月もした頃だった。

実家は古い町並みの中にある古い町屋だった。小さな城下町の一郭にあって、かつては花街だったというが、現在ではその面影はどこにもない。真っ直ぐな通りの左右に新旧入り交じった住宅が建ち並ぶ、それだけの通りだ。ただし、かろうじて料亭が二、三残っていて、それが往時を偲《しの》ばせてはいる。

貴樹はこの古い家で、高校の三年間だけを過ごした。大学に進むと同時に家を出て郷里を離れ、以後そのまま大学に残り続けた。長期の休みの際にも学業やアルバイトで忙しく、実家には数えるほどしか戻っていない。郷里にも実家にも家族にも、我ながら冷淡すぎると感じるほど思い入れがなかった。にもかかわらず、十年以上を経て戻ってきた。学業に固執しても先行きは望めず、生活のためのアルバイトで疲弊していくだけだと見切った結果だ。

貴樹が郷里を離れている間に、両親も弟も鬼籍に入っていた。無人になってから管理を頼んでいた祖母も死んだ。祖母の死を契機に実家を売り払っても良かったのだ。三年間だけ過ごした家には思い出らしい思い出もない。だが、戻ることのほうを選んだ。――戻らない、という選択を諦《あきら》めた、と言うべきなのかもしれない。

戻ってはきたものの、これからどうするかについては何の展望もなかった。両親が残してくれた貯えが多少あるものの、職はなく、これといってやりたいこともない。教員にでもなって、趣味で研究を続けるか――とは思っていたが、地元で教員として採用されるかどうかは分からなかったし、そもそも募集があるのかすら分かってはいなかった。こんなとき、親や親戚がいればその伝《つて》で職を探すこともできたのだろう。しかしあいにく、そんなものは存在しなかった。数少ない友人も全員が郷里を離れて進学し、そのまま遠方で就職している。血縁もなければ地縁もない。こうなると、ほとんど縁もゆかりもない土地と変わらなかった。寄る辺ない異郷に、ただ「実家」という名の容《い》れ物だけが存在していた。

とりあえず実家に住めば住居費は要らない。幸か不幸か、生活を支えてやらなければならない妻子もいない。自分一人、生きていくだけなら何とかなるだろう――いずれ立ちゆかなくなって孤独な死を迎えることになったとしても。それも可だ、と思ってしまうのは、挫折したという倦怠《けんたい》が貴樹を無気力にしているせいなのかもしれなかった。

だが、倦《う》んでいる自分を自覚できているだけましだろう。しばらく何もせずにぼうっとしていれば、そのうち前向きになれるかもしれない。そう自分に言い聞かせながら、古い家を掃除した。


一家がこの家に越してきたのは、貴樹が高校一年になる春、弟が中学三年になる年の三月のことだった。

それまでに住んでいたのは、徒歩で十五分ほどの場所にあるアパートで、父母はこの家を知人から購入した。築年数がどれくらいになるのかは貴樹も知らない。両親が手に入れて越してきた当初から、古く、狭く、暗く、傷《いた》んでいた。両親が何を思ってこの家を購入したのかも貴樹は聞いていなかった。特に古い建物が好きだとか、そういう話ではなかったと思う。第一、好ましいと思えるほど風情のある建物でもなかった。単に古いだけの建物に、場当たり的な修理を施し、実用に堪えるようにしてある。格安で譲ってもらえることになったとか、そういう事情だったのだろうと思う。いずれ建て替えるなりリフォームするなりしようという意志があったのかもしれないが、実際にそういう話を両親の口から聞いたことはなかった。貴樹はそんなことに興味を抱く歳でもなかったし、どちらかと言えば、古びたこの家があまり好きではなかった。高校生の貴樹には、家はあまりに古すぎ、あまりに傷んでいるように思われた。せっかく家を購入するのに、なにもこんな襤褸《ぼろ》屋でなくても、と落胆したのを覚えている。

家を離れていた十年の間に、傷みはさらに深まったようだった。掃除をすれば埃《ほこり》だけは拭《ぬぐ》えるものの、家の中に淀んだ薄暮は拭いようがなかった。建物は間口が狭く奥行きが長い。左右を隣家に接し、窓は表と裏にしかなかった。その窓も、表側は深い軒と太い格子、磨《す》りガラスのせいで採光が悪い。裏側には縁側と申し訳程度の庭があったが、そもそも水廻《まわ》りを増築してあるために歪《いびつ》に狭く、一方には隣家が、二方には高い土塀が迫っているので、光庭としても風の通り道としても用を為していなかった。そのせいだろう、表裏双方の窓を開け放っても、家の中には常にうっすらと腐臭めいた匂いが漂っている。

暗い一階には、両親の生活の痕跡が雑然としたまま残っていた。そこには小綺麗に居心地よく住もうという意志は欠片《かけら》も見えず、ただ食べて寝て時をやり過ごせればいい――という厭世《えんせい》が、古屋の匂いと同じように澱《よど》んでいる。

貴樹が荷物を運んだ二階にも、同じ空気が籠《こ》もっていた。二階には三部屋があったが、真ん中の部屋は窓もなく、階段に面していたので、通路兼物置としての役しか果たしていなかった。表と裏と、二間あるうち、表の一間は貴樹が自室にしていた。裏の一間は裏庭に面していて、窓を開ければ当たり前に景色が見えた。大した眺望ではなかったが、面格子で閉ざされた表の部屋よりは数段ました。――越してきた当初、そう恩に着せて弟に譲ったのだが、実はその庭が見降ろせる窓には、申し訳程度の物干しが付いていた。母親が洗濯物を干す際、部屋を出入りすることになるのを見越したうえで貴樹は表の部屋を選んだのだった。おかげで弟の恨みを買ったが、しかしその物干しは老朽化が激しく、そもそも危険だったうえ、越してきた年の夏、台風で壊れて撤去されてしまったのだった。

物干しがなくなったせいで、腰高の窓を開けると、ここだけは光が射《さ》し込み、風が通る。帰郷に伴って運んだ大量の本はここに収めることにして、書棚を整理していたときだ。貴樹は微《かす》かな三味線の音を聞いた。

貴樹には邦楽の素養がない。ゆえに、その音色が三味線のものらしいとは分かっても、曲名までは分からなかった。途切れ途切れに爪弾《つまび》く腕の巧拙も分からない。ただ、その何かに取り残されたような曲調が、自分の気分に良く合っていた。音は左隣から聞こえてくるようだった。

――どの家なのだろう。

かつて花街だったこの町では、家は複雑に入り組んでいた。貴樹の家は表通りから真っ直ぐに建物が裏庭まで延びる、いわゆる鰻《うなぎ》の寝床だったが、壁一つ隔てた向こうが、どの家にあたるのかは分からない。順当に考えれば左隣の家になるはずだが、隣の家は建物の奥行きが貴樹の家ほどにはなかったはずだ。貴樹がまだ実家にいる頃は、老夫婦が蕎麦屋をやっていた。一階が店舗で二階が住居の小さな家で、店に何度か行ったから、建物の奥行きが貴樹の家の半分ほどしかないことは知っていた。

さらにその隣の家の奥が、鉤《かぎ》の手に続いているのか。あるいは裏の家の続きなのか。よく考えてみると、申し訳程度の裏庭に面する建物がどこの家のなのかさえ、貴樹はよく分かっていない。

二階の窓から見降ろすと、庭の右は貴樹の家と同じように増築した棟が建っているようだった。正面から左にかけては、ずいぶんと立派な土塀が築いてあった。貴樹の家の塀ではない。そのしつらえや、塀の向こうにこんもりと繁り、きちんと手入れされた庭木などから察するに、右の二軒先にある古い料亭のものではないだろうか。大きな料亭だという評判のわりに、通りに面する間口はさほどの規模ではなかった。実は貴樹の家と右隣の家、二軒を囲い込むように大きく続いているのかもしれない。

——なにより、そう考えたほうが三味線の音もそれらしい。

澄んだ儚い音だった。三味線といえば、つい津軽《つがる》三味線のような威風ある音を思い浮かべてしまうが、どうやらそれとは違うように思われた。同種の弦楽器に大小があるように、三味線にも大小があるのだろうか。あるとするなら、そのうちの小さいほうだ、という気がした。

稽古なのか、それとも戯《ざ》れ弾きなのか。途切れ途切れの音は、押しつけがましいところがなく、耳に快かった。

これが馴染みのある曲なら——と、貴樹は一人、苦笑した——なかなか出てこない次のフレーズに苛立《いらだ》ったのだろうが。聞き覚えのない曲、耳に馴染みのない曲調だからこそ、控え目に感じられるのかもしれない。

どういった人物が弾いているのか——気になって窓から身を乗り出し、隣の様子を覗《のぞ》き込んでみたが、隣の建物のほうが引っ込んでいるらしく、二階に載った瓦屋根の軒の一部が確認できただけだった。

この壁の向こうなのだが、と古びた土壁を見渡し、貴樹は何気なく弟の残した鏡をずらした。隣に面する壁の中央には、腰高の書棚が据えてあった。その上に立てかけてあった縦長の鏡をずらしてみると、柱と壁の間に深い隙間があった。こんなに透いてて大丈夫なのか、と顔を寄せ、そして、その向こうに人影を見た。狭く翳った部屋の中に、三味線を抱えて坐《すわ》る女の後ろ姿があった。

驚き——そして後ろめたいものを感じて、慌てて身を離した。

ひょっとしてこの壁は、隣と共通しているのだろうか。それともよほど建物の間隔が狭いのか。その狭い間隙《かんげき》に向けて、窓が開いているのだろうか。

鏡を戻しながらふと気づいた。隙間はちょうど、顔を寄せたあたりだけ不自然に広がっている。ひょっとして、弟が故意に広げたのではないだろうか。

そう考えると、腑に落ちることがあった。

弟の様子が変わったのは、台風で物干しが撤去されて以後のことだった。もともと弟は貴樹とは違い、明朗で快活な少年だったが、学校で何かあったのか、秋口には登校を嫌がるようになった。表情も暗くなり、口数も減った。貴樹は柄にもなく理由を問うてみたりもしたが、弟は頑として自身について語ることを拒んだ。やがては家に引き籠もりがちになり、ついには自分の部屋に籠もって出てこなくなった。たまに部屋を訪ねても、露骨に嫌がる。しかも部屋の様子も奇妙だった。最初は窓際に置いてあった机を、わざわざ壁際中央寄りの最も邪魔になる場所に移した。そのせいで適当な置き場を失《な》くしたベッドは、部屋に入ってすぐの場所に移され、すると机とベッドの間には椅子を置く隙間もなく、弟はベッドに坐って机に向かっていた。壁に沿っては現在そうなっているように低い本棚を置いてあったのだが、当時はベッドと机のせいでほとんど用を為していなかった。そのくせ、窓際には通路ほどの空間が意味もなく空いている。その混乱は、弟の精神的な混迷を示しているように思われた。襖《ふすま》を開けてすぐの場所に据えられたベッドは、明らかな障壁だった。ベッドを踏み越えなければ部屋に入ることができない。弟はそこに障壁を置くことで家族を拒絶しているように思えた。襖の隙間から窺うたび、ベッドに坐って机に向かっている弟の背中が見えた。その隙間も、冬場「寒い」という一言で、鴨居から毛布が吊《つ》られて塞《ふさ》がれてしまった。障壁は二重になった。襖を開け、毛布を捲《めく》ってベッドを踏み越えなければ弟の領域に入ることができない。

貴樹は「そんな時期もある」と、あっさりそんな弟を受け入れたが、両親は困惑し、怒った。部屋から引き出そうとする親と、頑としてそれを拒もうとする弟と――その攻防が続く中、貴樹は実家を離れた。うんざりしていた、というのが実際のところだった。そしてやがて、両親は諦めた――のだと思う。腫《は》れ物に触るようにして弟に接し、おろおろと離れた場所から見守るばかりになった。為す術《すべ》もなく見守ることに全てを費やし、彼ら自身の生活は完全に打ち棄てられた。貴樹が進学以来、ほとんど帰省しなかったのは、そんな弟や両親の姿を見たくなかった――そのせいもあったのだと思う。

なぜそこまで家族を拒み、自分の殻に閉じ籠もるようになったのか――よほどのことが学校であったのか。漠然とそう思っていたが、実は少し違う理由があったのではないかと、いまになって思う。きっかけはともかく、長い間、弟が部屋に籠もっていたのには、もっと別の理由があったのではないか。

ベッドに坐って机に向かい、ほんの少し身体を捻《ひね》れば、ちょうど目線の高さに隙間がある――そういう位置関係だったような気がする。

いまとなっては、確かなこととは言えないものの。弟が使っていたベッドも机も、貴樹が家を離れていた間に処分されていた。弟はベッドの上で事切れていた。いつもの場所にいつものように坐ったまま、自らの首を掻《か》き斬ったのだ。両親は引き籠もりだった弟の死を、血痕の残った机やベッドとともに捨て去り、そして静かに燃え尽きるようにして、相次いで逝ってしまった。

ひょっとしたら、弟は隙間から女を見ていたのではないか。弟が死んだのは六年前、女はその頃いくつだったろう。

確かめたくて、貴樹は鏡をよけて再び隙間に顔を寄せた。

狭まった視界に、女の後ろ姿が見えた。洗ったばかりなのか、濡《ぬ》れた髪を背中で束ね、俯いたまま三味線を爪弾いている。紅い着物は襦袢だろうか。胸高に締めた白いしごきがほっそりとした胴を際立たせていた。

後ろ姿では年齢は分からない。けれども、そんなに年嵩《としかさ》ではないような気がした。ときどき見える頬の線は、若いようにも思えるが、だとしたら弟が生きていた頃には、まだ少女だったのではないだろうか。

――どういう女性なのか、会ってみたい。

貴樹は唐突にそう思った。

何が理由かは知らないが、この部屋の中に自らを閉じ込めてしまった弟が、ひょっとしたらずっと見守っていたかもしれない娘。娘は知らないことだろうが、彼女は弟の孤独にずっと寄り添っていたのだ。

振り返れば、さほどに仲の良い兄弟ではなかった。だからこそいっそう、彼女に会ってみたかった。だがまさか、覗いていたと言うわけにもいくまい。どうしたものかと思案しながら、いつの間にか女の様子を見ているのが日課になった。

女は常に部屋にいた。どうやら隙間から見えるその部屋が居間で、表側の隣に寝間があるようだった。小さな部屋には低い簞笥《たんす》と鏡台と、そして文机が一つ。女は机に向かって鉛筆で書きものをし、手紙を読んだ。そして文机に突っ伏して――あるいは両手に顔を埋め、袂を顔に当てて忍び泣いた。その様子が痛ましく、貴樹は目を逸《そ》らせなかった。あるときは三味線を爪弾いている。別のときには針箱を手許《てもと》に置いて、襦袢に襟を縫い付けていた。そんなとき、女はひどく幼く見えた。たぶん、あまり得意ではないのだろう。一心に手先に集中し、無防備になった肩や背中の線が、どこか子供じみていた。

せめて名前が分かれば、料亭を客として訪ねて呼んでもらうこともできるのではないか。――思いはしたが、実際にどうやって芸妓を呼べばいいのかは分からず、第一、名前を知る方法もなかった。彼女の部屋に誰かが訪ねて来ることはなく、誰かが呼びに来る、ということさえなかった。ひょっとしたら、彼女もまた弟と同じように引き籠もっているのだろうか。だとしたら、料亭の娘か近親者だったりしないか。

あの料亭にどんな人間が住んでいるのか——思い返してみても、具体的な顔も名前も思い浮かばなかった。同じ町内にはいたものの、貴樹がここで暮らしていたのは、わずかに三年のことでしかない。同じ年頃の子供がいればともかく、近隣の住人とほとんど交流はないままだった。両親もまた、ほとんど付き合いはなかったと思う。そもそも二人はこの町の人間ではなかったうえ、越してきてすぐに弟の件があって、それにかかりきりになり、隣近所との付き合いなども後廻しで、結局、古い町の地縁に繋がることができないまま逝ってしまった。

思い巡らせていると、文机の前に坐ってぼんやりしていた女が立った。ふらりとした足取りで表側——隣室のほうへと消えていく。貴樹は小さく息を吐き、そして自身も立ち上がった。窓を開けようと窓辺に寄って、間近に男の姿を見た。

一瞬驚いたが、よくよく見れば、男は細い丸太を三角に組んだ足場——脚立《きやたつ》？——の上に昇っている。土塀の向こうにどっしりと枝を伸ばす松の木に取り付いているのだった。手には鋏《はさみ》を持ち、腰に鋸《のこぎり》を差したベルトを着けていたから植木屋なのだろう。体格の良い若い男で、それが手を止めてじっと隣家のほうを見ている。

——隣。

二階分の高さにある足場から男が見ているのは、明らかに女のいるあの部屋だった。硬い真剣な表情でまじまじと見つめていた。どこか険しくさえ思えるその表情から、強い感情が偲ばれた。——暗く、そして否定的な。

もしかして、男も彼女を見ているのか。決して好奇心に駆られたようでもなく、温かく見守っているようでもないその様子に、何やら不穏なものを感じた。

貴樹は意を決して窓を開けた。建付《たてつけ》の悪い窓の音に気づいたのか、はっとしたように男がこちらを振り返った。次いで、ばつが悪そうに顔を伏せ、慌てた様子で足場を降りていく。——逃げるように。

貴樹は窓辺に立ったまま、男の消えたほうを見た。土塀の向こうでガサゴソと庭木を掻《か》き分けるような音がしている。

娘に会いたい、と強く思った。会わなければ——という切迫したような気分がした。

その翌日、貴樹は意を決して二軒先にある料亭を訪ねた。夕刻前、料亭が店を開けるには、いま少し時間があるせいか、店の表はひっそりと静まり返っていた。掃除をしていた従業員を捉《つか》まえて来意を告げると、すっきりとした出《い》で立ちの女将《おかみ》が出てきた。貴樹が名乗り、二軒隣の、と説明すると、すぐさま「ああ」という顔をした。旧弊な町のことだから、弟の所行は当然、町中の人間が知っている。

「このたび、戻ってきました」

貴樹はそう言って、菓子折を差し出した。まさか女に会わせてくれ、と正面切っては言いにくく、苦肉の策として実家に戻ってきた挨拶という体裁を取った。

「たしかうちのすぐ左隣も、こちらの建物だったと記憶していたものですから」

「まあ。それは、御丁寧に」

女将は笑った。すでに初老に差し掛かった年頃だろうが、恰幅《かっぷく》良く華やかな雰囲気に包まれている。

「大学の先生になられた長男さんがおられるとは伺ってました。御立派におなりで」

「しがない助手です。それも辞めて帰ってきたのですが」

「あら——」

「しばらくは職探しです。なにしろ宵っ張りなので、隣にお住まいの方に御迷惑をかけることもあるかもしれません。何かありましたら、遠慮なく言ってください」

貴樹が言うと、女将は一瞬だけ怪訝《けげん》そうにして、すぐさま、ああ、と笑みを浮かべた。

「あの建物――いいえ、あそこにはもう誰も住んでいませんから」

え、と貴樹は小さく声を上げた。

「しかし、時折三味線の音が」

「そうですか？　でしたら、うちではないと思いますよ。あそこは昔、――先代の頃までは従業員の寮として使用しておりましたけど、いまは物置になってますから」

女将はそう説明した。なにしろ建物の老朽化が激しく、居住に適さなくなったこと、さらには、住み込みで従業員を雇うような御時世でもなくなったこと。いまは一階を従業員の休憩所として使用しているが、基本的に空いた部屋は物置になっている。

「三味線を弾くような従業員もおりませんしねえ」

「芸妓さんはおられないのですか」

貴樹が訊《き》くと、女将は声を上げて笑った。

「もうこの町には芸妓はおりませんよ。私の小さい頃には、まだわずかながら残っておりましたけど。そう――あの頃なら三味線の音が聞こえてくるなんてこともありましたけどね」

貴樹は言い淀み、

「しかし、隣に誰かがおられます。たぶんその方が三味線を弾いているので間違いないと思います。死んだ弟も――隣には芸妓さんが住んでいると言っていました」

女将は眉を寄せた。少しの間、沈黙する。ややあって、

「何か勘違いなさっているのだと思います。本当にあの建物には誰もおりません。なんでしたら御覧になりますか？」

いいや、と貴樹は思わず口籠もった。見てみたい気持ちはあったが、まるで女将を嘘つき呼ばわりしたようで居心地が悪い。貴樹の困惑を見透かしたように、女将は柔らかく笑った。

「実際に見ていただいたほうがいいと思います。よろしかったら、ぜひ」

重ねて言われて、貴樹は頷《うなず》いた。

女将は貴樹を建物の奥へと導く。長い廊下の片側に座敷が並び、もう一方は整えられた庭に面している。庭木の向こうには白く塗られた土塀が続いていた。

長廊下の先を曲がりながら、

「もう芸妓さんはいないんですか？」

貴樹が問うと、

「ええ。戦後、いくらも経《た》たないで検番は廃止されてしまいましたから。検番というのは、芸妓などが籍をおく――いわば職業組合のようなものですね。芸妓は置屋に所属して、その置屋が検番に登録する。芸妓を呼ぶ料亭のほうも検番に登録して、検番がどこに誰を派遣するか、差配をするんです。ですが、それは私が子供の頃に廃止さ

れてしまいました。いまはこの町には芸妓はおりませんし、ましてや、その当時でも料亭に芸妓が住んでいるなんてことはありませんでしたよ。芸妓は置屋に住んでいたんです」

言いながら、女将は廊下をさらに曲がり、奥まった場所にある板戸を開けた。板戸の向こうは雰囲気が違っている。おそらくここから先は従業員の領域なのだろう。

「置屋さんも全部廃業してしまいました。わずかばかりとはいえ、芸妓さんが残っていたはずですが、その方たちはどこに行ったんでしょうねえ。私が子供の頃には、芸妓あがりの方が町内に残っておりましたけど、詳しいことは分かりません」

大人は語ってくれなかったし、訊いてはいけないような空気があったもんですから、と女将は言った。

短い渡り廊下の先にあるガラス戸を女将は開けた。廊下の左に畳の間が二つ並び、雑然と荷物が積み上げられたところに座卓が据えられていた。人影はなかったが、座卓の上には湯飲みが残され、周囲には手荷物が置かれていたから、休憩所として使っているというのは本当なのだろう。肝心の従業員の姿はなく、いまは開業前の準備で立ち働いているのだろうと思われた。

廊下の中程には二階へ上がる急な階段があった。

「足許に気をつけてくださいね」

そう言って、女将は先に立って二階へと昇っていく。傾斜が急で踏面《ふみづら》も狭いうえ、手摺《てすり》もないので確かに危なっかしい階段だった。それを登り切ると短い廊下があって、それに面してやはり二間が続いている。女将は染みの浮き出た襖を開けていった。六畳ほどの和室が二つ。一方は庭に面して座敷のようなしつらえだったが、もう一方は押入があるだけで窓もなく、穴蔵然としていた。それら二つの部屋に雑多な荷物が埃を被って積み上げられている。人が住んでいる様子がないだけでなく、頻繁に人が足を踏み入れている様子もない。

「隣――というと、この部屋でしょうかね」

女将が示したのは裏側の部屋だった。庭に面して窓があり、二方は壁で塞がれている。言われて見れば見覚えのある床の間があって、荷物を押し込んであった。もう一方――表側の部屋の隣に面するほうには押入があったから、覗くことのできる部屋はここしかない。庭に面した窓には古いガラス戸が入っており、窓の外には木製の手摺が見える。雨戸のようなものはないようだった。

「この壁の向こうが、お宅様になると思いますよ」

女将が手を置いた壁には、開口部はなかった。ただ、貴樹の家と同様の古い土壁があるだけだ。壁の中央には柱が一本立っている。その脇に、貴樹の家と同じように黒々とした隙間があった。

貴樹は完全に塞がっている壁を見つめ、そして隙間に顔を寄せてみた。微かに光が見えたものの、外の景色までは見えなかった。窓辺に寄ってガラス戸から外を覗く。古びた板壁の建物が迫り、その先に土塀に囲まれた庭が覗いている。貴樹の家に間違いなかった。

貴樹は呆然《ぼうぜん》として女将を振り返った。女将は複雑そうな表情で貴樹を見ていた。

「この建物は、もともと表にあるお宅の一部だったと聞いています。少し前まではお蕎麦屋さんが入っていましたが」

「ああ、知っています」

貴樹が言うと、頷く。

「その建物の離れだったようですよ。お蕎麦屋さんになるずっと以前は、置屋さんだったということです。置屋を廃業して持ち主が出て行かれた。それで離れの部分だけを戦前、うちが買い上げたんです。戦争が始まる前——満州《まんしゅう》事変の何年も前だったということですから、置屋だったのはそれ以前ということになりますでしょうね」

「昭和……以前」

「その頃でしたら、芸妓さんがお住まいになっていたこともあるでしょう」

言って、女将は真っ直ぐに貴樹を見た。

「もしも弟さんが芸妓さんを御覧になっていたのでしたら、それはこの世の方ではないと思います」

そうだったのか、と貴樹は思った。あれはこの建物に残った記憶だったのか。

「……よく分かりました。お手数をかけて申し訳ありません」

貴樹が頭を下げると、女将は軽く息を吐いた。

「こんな汚い場所にまでお連れして御免なさいね。よろしかったら、お茶でも？」

いいえ、と貴樹は固辞した。建物を出ながら振り返ると、渡り廊下から建物の外観を見通せる場所があった。貴樹の家と隣り合う建物の間には、ほんの十五センチほどだが隙間がある。決して壁を接しているわけではないことは見て取れた。――そもそもあの隙間から隣の様子など見えるはずがなかったのだ。

「……置屋だった頃に亡くなられた芸妓さんはいたのでしょうか」

廊下を戻りながら問うと、

「それは、おりましたでしょうね。昭和以前のことですから、たぶん年季奉公でしょう。芸妓のまま死んだのなら、お骨は実家に返されたか、そうでなければ置屋が墓を建てたのじゃないでしょうか。その先の――」

と、女将は元花街と背中合わせに接する寺町のほうを示した。

「お寺に、置屋さんが建てたお墓がいまも残っておりますよ。私どもも、お参りさせてもらっていますが」

「そうですか。ありがとうございます」

貴樹が辞去しようとしたとき、女将が迷ったように口にした。

「突然、あんなところまで連れ廻して、困惑なさったでしょうね。……実は、以前にも同じようにあの離れに住む人に会いたいと言ってこられた方がいたんです」

貴樹ははっとした。

「まだ高校生ぐらいの若い方でしたよ。お名前は聞けませんでしたが、ひょっとしたら、弟さんだったのではないでしょうか」

「そのとき、あの建物には」

「お連れすれば良かったのでしょうが、御覧の通りの場所ですから、誰もいないとだけ申し上げました。そんなはずはない、と仰《おつしや》ってましたが、私もなぜいるはずのない人をいると仰るのか分からなくて」

ちょうど通りかかった従業員に、あそこには誰もいないと証言させると、弟は怒ったように立ち去ってしまった、という。

「そうですか……」

貴樹は改めて女将に礼を言い、料亭のこぢんまりとした玄関を出た。

表には左右へと古い家並みが延びている。すぐ先で前後へと延びる道と交差していた。その四つ角を曲がると寺町に出る。どういうわけで花街と寺院町が背中合わせに存在することになったのか。いまさらのように不思議に思う。

貴樹はなんとなく四つ角に向かい、寺町のほうへと向かった。折れてすぐに別の料亭が一つ、その大きな建物を過ぎた隣に、高い塀に囲まれた墓地が広がっていた。一見しただけでは墓地とは分からないが、塀の上に建物の影はなく、よく見れば墓石の頭と卒塔婆《そとば》の頭が覗いている。それ以上に目立つのは、塀の間近に薄紅の花を付けている芙蓉の大木だった。心持ち褪せた薄紅の花が、夕風にゆらゆらと揺れている。

寺町へ出てすぐの寺の門を覗き込んだ。縁もゆかりもない者が足を踏み入れてもいいものか――迷いながら覗き込んだ境内には人の姿はなく、ひっそりと静まり返っている。無機的なまでに掃き浄められた参道に足を踏み入れ、墓地のほうに行ってみる。本堂の脇から裏手へと続く墓地に並ぶのは、どれも古い墓ばかりだった。さほどに広くはない墓地の片隅、芙蓉の古木が立っている。なんとなく気を惹かれて歩み寄った木の下、枝に頭上を庇護されるようにして大ぶりな石碑があった。石碑に彫られた文字は摩耗しているうえに達筆すぎて読み取れなかったが、石碑の前に立つ四角い切石の花立てに「検番」とあるのだけは読み取れた。――すると、これが女将の言っていた墓だろうか。どうやらかつてあったという検番が建てた慰霊碑のようだった。その周囲には小さな墓石が塀に沿って積み上げるようにして並んでいた。どれも苔《こけ》むし、摩耗も酷《ひど》かったが、きちんと掃除されている。その墓石を検《あらた》めてみると、芸名らしき名が彫られたものもあれば、本名らしき名を彫ったものもあった。表に置屋らしき屋号を彫り、裏に複数の名前が並んでいる石もある。

かつての花街で暮らしていた女たちの、ここが終《つい》の棲家《すみか》だった。

――この中の誰か。

あるいは、ここにも名前のない誰かか。

寂しげに俯く背中が甦《よみがえ》った。

なるほど、と思う。ほんのわずかの隙間から見えたにしては、あの光景は鮮明でありすぎた。

もはや名前を確認する方法もなく、忍び泣く理由を尋ねる方法もない。あれが過去の幻影ならば、おそらくあの女の顔を見ることもないのだろう、と思う。

怖い、とは思わなかった。芙蓉の下に並ぶ墓石を見ると、むしろ不憫《ふびん》な気がした。

貴樹は石碑に向かって軽く手を合わせ、黄昏《たそが》れ始めた町を戻った。通りがかった二つの料亭は、ともに看板に灯が入り、中では賑《にぎ》やかな気配がしていたが、三味線の音はどこからも聞こえなかった。

家に戻ってすぐ、真っ直ぐに二階へ上がった。弟の部屋に向かい、鏡をずらす。隙間に顔を寄せたが、なんとなくもう何も見えないのではないか、という気がしていた。

向こうの部屋から何も見えなかったように。

――だが、顔を寄せると同時に、薄暗い電灯に照らされた部屋が目に飛び込んできた。

女は依然としてそこにいた。文机に向かい、鉛筆を動かしている。艶《なま》めかしくさえある薄紅の襦袢、なのに懸命に机に向かう様子はどこか幼い。両足の間に腰を落とし、背中を丸め、両肘《ひじ》を文机に載せて子供が絵でも描くように鉛筆を動かしていた。

やはり怖いとは思えなかった。むしろ、この世にいる誰かではないのだから、こうして覗いていても咎《とが》められることはないだろう、という安堵《あんど》感があった。

女は無心に鉛筆を動かしている。貴樹はそれを見守った。

料亭を訪ねて以後も、女の姿が消えることはなかった。女は過去に存在した部屋の中でゆらゆらと生活していた。罪悪感が消えて、貴樹はそれを日がな一日、見守っていた。見つめながらも、そんな自分をひどく不健全だと思う。腰や眼が痛むまで存在しない女の様子を覗き見るなんてどうかしている。それよりも家を整理し、職を探して生活を始めなければ。――分かっているのに、壁際に縫い止められたように身動きができなかった。

動きたくない、その言い訳に女を見ているような気もする。分かってはいるんだ、と呟《つぶや》く胸のうち、背中には居心地の悪い焦りが貼り付いている。そんな気分を自覚するとき、自身と弟が重なった。

両親は何とかして弟を登校させようと――のちには部屋から出てこさせようと必死になっていたが、実のところ、最もそれを切望していたのは弟だったのではないかと、この頃思う。行かなければ、部屋を出て現実と対峙しなければ、と思いながら、焦燥から目を背けるようにして暗い隙間を覗いてはいなかったか。同じように隙間に縫い止められた貴樹は、いつしか弟と同じように机をほどよい位置に運び、その前に置いた椅子で日がな一日過ごすようになっていた。まるで弟の状態をなぞるように。

自覚があるだけに、こんなことをしていてはいけない、と思う。対峙すべきものから目を逸らし続け、どこかで進退窮まって弟は死を選んだのだという気がする。貴樹にも同じ末路が待っている気がした。こうしていてもなけなしの遺産を食い潰《つぶ》していくだけだ。そのうち二進《にっち》も三進《さっち》も行かなくなる。そのとき自分は、どういう道を選ぶのか。

焦れば焦るほど、隙間から目を逸らせなかった。女は藍染めの浴衣に身を包み、文机の前に坐って気怠そうに団扇で顔を扇いでいた。耳に暑苦しい蝉の声は、隙間から聞こえるのか、それともこちらの窓から聞こえるのだろうか。

窓のほう——庭のほうを見たまま、女は団扇を動かす。蟬の声がひとしきり高まると、扇ぐ手つきが忙《せわ》しなくなった。そうしているうちに徐々にその動きが間遠になる。物思いに耽って暑さを忘れてしまったように。そしてまた蟬の声が高まると、慌てたように風を作った。

それを見守る貴樹がいる部屋にも熱気が籠もっている。窓は開けていたが、風はなかった。雨が降る気配はないまま、ひどく蒸した。蟀谷《こめかみ》を伝う汗の感触に我に返った。無理な姿勢を続けていたせいか、腰も背中も強張《こわば》って痛む。隙間から顔を離し、身を起こした。何をやっているんだ、と自嘲しながら何気なく窓のほうを見て、貴樹はそこに人の顔を見つけた。

窓の向こう、おそらくは裏庭の土塀の向こうに人影があった。いつぞやの若い庭師——だと思う。あの日のように足場に昇り、こちらを見ている。覗き見しているのを見られた、と狼狽《うろた》えた貴樹を、男は責めるような眼差しで見据えていた。

慌てて貴樹は机の前から立ち上がる。気まずく部屋を出ようとして、ふと、本来、隣が見えるはずなどなく、ゆえに壁に顔を寄せていても隣を覗いていることなど、余人には分かるはずもないことを思い出した。ならばなぜ、あの男は咎めるような貌《かお》をしていたのだろう——思って振り返ったときには、もう男の姿は見えなかった。高い樫《かし》の木に掛けた足場だけが、枝の合間に残されている。

逃げた自分と、見咎めるような男を思い返し、奇妙な気分に陥って——そしてさらに思い出した。

以前は逆だった。男は隣のほうを見ていた。視線の方向からすると、隣の建物の何もない部屋の窓のほう。険しい表情で見ていた窓には、見るべきものは何もなかったはずだ。なのに貴樹の視線に気づいて、慌てたように足場を降りた。たったいま、貴樹が逃げ出したように。

——あの男は、いったい何を見ていたのだろう?

その答えはすぐに出た。翌日、貴樹が呼び鈴に応《こた》えて玄関に降りてみると、表にはあの庭師が立っていた。

男は相変わらず険しい表情をしていた。貴樹の顔を挑むように見て大きく息を吸い、そして頭に被ったタオルを外して一礼する。

「突然、済みません」

気負った様子にもかかわらず、口調は丁寧だった。貴樹は庭師が自分を責めるために来たのだという気がした。だとしたら、どう答えよう——一瞬の間に思い巡らせた。女などいない、と突っぱねるか。それとも、そういうお前も覗いていただろう、と言い返すか。

　だが、男はタオルを両手で握り締め、意を決したように顔を上げると、

「頭の可怪《おか》しな奴が押し掛けて来たと思ってもらって構いません。——あれを見ては駄目です」

　貴樹は気圧《けお》され、反射的に何のことだか分からない、と答えようとした。だが、男はそれを言う間を与えず、

「無視してください。あれは、あなたの命を取る」

　貴樹は驚いて言葉を失った。

「無害そうに見えますが、あれは危険なものです。気を取られてはいけません」

　口早に言い切って、男は大きく息を吐いた。ふっと表情が緩んだ。いまだ真剣そのものの貌だったが、もうあの挑むような表情はなかった。それでようやく、貴樹は男が緊張していたのだと理解する。

「……君はいったい」

「黙ってはいられなかったので」

　男は言って、もう一度深々と頭を下げた。

「失礼しました」

　言って、男は踵《きびす》を返す。言うべきことを言った、という安堵のようなものが、がっ

しりとした背中に漂っていた。貴樹は何か声をかけようとしたが、言葉を見つけられなかった。玄関先に突っ立ったまま、半ば唖然《あぜん》として男を見送る。足早に料亭のほうへと立ち去る男は、貴樹の視線に気づいたように振り返り、もう一度会釈した。

——どういうことだ。

男が言った「あれ」とはもちろん、あの女のことなのだろう。だが、「危険」とは？　男はあまりにも単刀直入だった。見ていただろう、という問い掛けさえなかった。そこにいるはずのない女がいて、貴樹がそれを見ていることを確信している。気まずさも手伝って、反骨の気分が頭を擡《もた》げた。

——確かに、頭が可怪しい。

突然押し掛けてきて、いもしない女のことを危険だ、などと。見るな、と余計な指図をしたあげく、「命を取る」と縁起でもないことを言う。

苛立たしい気分で貴樹は玄関の格子戸を閉めた。肩を聳《そび》やかして振り返った家の中には薄闇が漂い、荒廃した空気が澱んでいる。貴樹はふいに、上がり框《かまち》やガラス障子《しょうじ》の桟にうっすらと積もった埃に気づいた。両親が投げ遣《や》りに残した雑多なものが放つ厭世的な空気。それを拭い去ることとさえ放棄して放り出されたままの家の中。

——引っ越しの片付けも中途半端に放置したまま。

掃除もしていない、仕事も探していない。ここで新たに生活をする準備を何一つしていない。

不快な男のことなど忘れて、すぐさま二階に戻りたかった。だが、なぜかそれが躊《ちゅう》躇《ちょ》される。水でも飲もうと台所に向かい、荒廃した家の様子にいまさらながら気づいた。台所の古いシンクには水垢《みずあか》がこびりつき、使った食器が放置されている。土間に板を張っただけの床には出し忘れたゴミ袋が複数個、放置されていた。一段上がった茶の間の座卓にも、食器が出しっ放しになり、周囲にはゴミが片寄せて置いてある。中の間の仏壇は白く埃を被り、いつ活けたのか忘れた花が醜く枯れて腐っていた。

――あれは、あなたの命を取る。

荒《すさ》んだ生活を見透かされたような気がした。何をしているんだ、という自身への疑問と、こんなことを続けてどうする、という焦り。そんな自分を自覚しているにもかかわらず、一切合切に背を向け続けている。男が言外にそんな貴樹を責めた気がして、余計に居たたまれない。

貴樹はコップを叩《たた》きつけるように調理台に置き、――そして逃げるように二階に上がった。壁の向こうに女が待つ――かつて弟が死んだあの部屋へ。

――これは危険なものだ。

貴樹は胸のうちで呟きながら、それでも女を見ずにはいられなかった。このままではいけない、と思いつつも、焦れば焦るだけ、隣を覗かずにはいられない。

女は依然としてゆらゆらと生活していた。危険だと言うが、女の様子にはおよそ禍々《まがまが》しいものは感じられない。見えるはずのない景色、いるはずのない女であることは確実だが、だからといってすぐさま「危険」だと言うのは短絡に思えた。

彼女の存在は、いわば保存された記憶のようなものではないのか。ただ過去にあった日常を繰り返しているだけだ。

どこに危険があるというのだろう。

まるで魔物のごとく言われたことに傷ついたように、女は文机の前で項垂《うなだ》れていた。両手を文机の表面に重ね、やがて突っ伏し額を載せる。痩せた肩が震え、聞き慣れた忍び音が流れてきた。その後ろ姿は、ひたすら痛々しかった。

女はひとしきり声を押し殺して泣き、そしてふらりと立ち上がった。襦袢の袂で涙を拭いながら鏡台の前に坐る。嗚咽《おえつ》を怺《こら》えるようにして櫛《くし》を手に取り、結った髪を撫《な》でつけ始めた。髪を整えると立ち上がり、隣の部屋へと向かう。ややあって戻ってきたときには桶《おけ》を抱えていた。

桶を置いて鏡台の前に坐った女は手拭いで顔を拭う。しばらく顔に押し当て、そして抽斗《ひきだし》から剃刀《かみそり》を取り出した。夕刻が近づいている。いつもの支度だろう。女は何日かに一度、化粧の前に顔に剃刀を当てる。剃刀は、直刃《すぐは》で柄までが金属製の見慣れないものだった。理髪店などでよく見る二つ折になるものではなく、ごく小さなナイフか包丁のような形状をしている。貴樹は以前調べて、それが和剃刀と言われるものであることを知った。

この日も取り出した剃刀を眉のあたりに当て、そしてすぐ思い直したように降ろした。深い溜息《ためいき》をついて物思いに沈み込む。少しして再び剃刀を上げたが、顔に向けたそれを躊躇《ためら》うようにしてから首に向けた。研ぎ澄まされた刃がぎらりと光った。

女は鏡を見たまま、剃刀を首筋に当てている。貴樹は息を呑《の》んだ。

——まさか、この女はかつて、こうして命を終えたのか。

それは弟の姿に重なった。弟が使ったのはカッターナイフだったが、同じように首に当て、引いた。貴樹はその頃大学にいて、実際に事切れた姿を見たわけではない。しかし訃報《ふほう》を告げる父親からの電話を受け、そのときに鮮明に脳裏に描かれた映像が、いつの間にか記憶のように焼き付いていた。

女は剃刀を当てたまま、低く嗚咽を漏らし始めた。息を呑んだまま貴樹が凝視する中、手を振るわせ、——そして剃刀を力なく降ろした。

貴樹が思わず息を吐くのと同時に、女は再びその場に突っ伏して声を殺し泣き始めた。

——何がそこまで辛いのか。

できることなら声をかけてやりたかった。と同時に思う。貴樹は単に女の日常を見ているのではなく、女の歴史を見ているのではないか。もしも女がかつて自死し、それによって疵《きず》となって空間に残ったのであれば、やがて貴樹は、女の死をも見ることになるのではないだろうか。

その瞬間を想像すると、剔《えぐ》られるように胸が痛んだ。そして以後、誰もいない部屋を見ることになるのか。ひょっとしたら、その欠落が弟に死を選ばせたのかもしれない。

女はひとしきり泣き、やがて気を取り直したように化粧をすると、艶やかな着物に着替えて部屋を出ていった。——悄然と項垂れたまま。

以来、女は泣くことが増えた。声を殺して泣き、文机に向かって鉛筆を動かし、ときには手紙を取り出して読み、また泣く。

ただゆらゆらと流れていた女の時間が、良くないものに向かって傾斜したような気がした。少しずつ速度を増して、暗いほうへと傾いていく。そしてそれが決定的になったのは、いくらも経たないある日のことだった。

この夜も女は泣いていた。衣桁《いこう》に掛けた着物や帯を畳みながら、何度も手を止めて顔を覆い忍び泣く。ひとしきり泣いたあとには束ねかけた腰紐《こしひも》を手にしたまま、呆然と項垂れて坐っていた。ややあって、女はその柔らかそうな布製の紐をゆっくりと自分の手首に巻き始めた。紐の片側を自分の手首に二重に巻き、紐の端を啣《くわ》え、苦労して結ぶ。長い紐の片半分が女の手に結び付けられ、もう片半分が長く残された。余ったほうを手に、女はふいに振り返った。まるでそこに貴樹がいることを承知していたかのように。

女は真っ直ぐにこちらを見る。貴樹の眼と陰火のような光を宿した眼が合った。揺れる花のように儚げな女の眼は、ぎょっとするほど生々しかった。涙のせいか、濡れて充血した眼が貴樹を見据え、そして女は余った紐を貴樹のほうへと差し出した。まるでその片端に結ぶべきもう一つの手首を求めるかのように。

貴樹は慌てて隙間から顔を離した。

——あれは、あなたの命を取る。

こういう意味だったのか、と初めて悟った。女は共に死ぬ相手を求めているのだ。思うと同時に、また幻影が脳裏を過《よぎ》った。実際に目にしたわけでもないのに、忘れがたい鮮明な映像。ベッドに坐り、机に突っ伏し、自らの血糊《ちのり》の中に伏して事切れていた弟。

震えながら鏡の位置を戻して隙間を覆い隠した。

——あんなものは無視すればいい。

いや、そもそも二度と見なければいい。

そう決意したものの、一夜が明けると怯えた自分が滑稽に思えた。所詮《しょせん》は幻影の一種だ。女が自分のほうを見たからといって、それがなんだというのだろう?

しかも、あんなことはもう二度とないかもしれない。確かめてみるのだと自分に言い訳して鏡をずらし、隙間に顔を寄せると今度は最初から女と眼が合った。

女は片手に紐を握って差し出したまま、こちらを見ていた。朝陽の射し入る部屋の中、昨夜の状態で凍り付いたかのように動きを止め、じっと貴樹のほうを見ている。凝視していると、女は貴樹のほうを見据えたまま、自動人形のようにゆっくりと首を傾けた。

——なぜ、と問われている気がした。

慌てて顔を離した。もう見ない、と心に決めた。いつぞや訪ねてきた男が言っていた「危険」とはこれのことか。だが、隣にいる女は見なければ存在しないも同然だ。それともやがて実害を及ぼすようになるのか。——まさかとは思うが、あの女が壁を越えてやってきたら。

男に話を聞きたかった。なぜ「危険」だと言ったのか。実際にどういう危険があるのか。命を取るというが、それは具体的にはどういうことなのか。男はなぜそれが分かったのか。ひょっとしたらあの植木屋がまた来てはいないか。姿を捜して裏庭越し、料亭の庭を覗き込むと、離れに向かう渡り廊下のあたりに従業員とは毛色の違うTシャツ姿の人影を見掛けた。庭木のせいで見通しが悪い。体勢を変え、なんとか透かし見てみたが、ラフな着衣に腰に下げた道具袋と、出で立ちは似ていたが植木屋ではなさそうだった。あの男は上背もあり体格も良かった。渡り廊下のあたりで立ち働いている男は、それよりは小柄に見えた。

確認しようとなおも体勢を変えていると、視線に気づいたように男が貴樹のほうを振り仰いできた。遠目で定かではないが、やはり植木屋ではなさそうだった。その若い男は貴樹に気づいたのか、朗らかに会釈をした。

――違う。

貴樹は植木屋の名前も住所も聞いていない。分かるのは、おそらく料亭に出入りしている植木屋だろうということだけだ。女将に聞けば連絡先が分かるだろうか。

思っていたときだった。壁のほうから三味線の音が聞こえた。

貴樹は壁を振り返った。微かだが、確かに聞こえる。戯れ弾くように三味線を鳴らす音だ。恐る恐る覗いた隣の部屋、女はいつものように貴樹に背を向け、三味線を爪弾いていた。

思わず安堵の息を吐いた。女は濡れた髪を一つに纏め、藍染めの浴衣に身を包み、背中を丸めるように坐って三味線を鳴らしていた。ひとくさり鳴らしては、何かに気を取られたように手を止める。しばし動きを止め、音のない溜息をつき、また爪弾く。

よかった、と胸の中で呟いている自分を、貴樹は危険だと思う。そもそもこの女の存在は異常なものなのだ。こんなふうに見守り、見守ることで慰められてはいけない。そう分かっているのに目を離せなかった。見守っているのは、奇妙に安らぐ心地がした。途切れ途切れの三味線の音は雨垂れのようだった。染み入るように響き、乾いて罅《ひび》割れた何かを潤す。

ひとしきり三味線を鳴らした女は楽器を置いた。代わりに懐に手を入れ――そしてずるずると紐を引き出した。

貴樹は思わず身を強張らせた。女は柔らかそうな紐を引っ張り出すと、昨日と同じようにゆっくりと自分の左手首に巻いていく。苦労して片端を自分の手首に結び付け、そして貴樹を振り返った。この日、女の眼は乾いていたが、生々しい色を湛《たた》えているのは同じだった。真っ直ぐ射貫《いぬ》くように貴樹を見据えたまま紐の片端を差し出す。呑まれたように貴樹が身動きできずにいると、表情のない眼を貴樹に据え、問うように首を傾ける――ゆっくりと。

――駄目だ。一緒には逝けない。

女は紐を差し出したまま動きを止め、そしてややあってから、ふいに動きを再開して鏡台に躙《にじ》り寄った。抽斗を開け、中から剃刀を取り出す。油を引いたように光る刃を、紐の片端と共に貴樹に向かって差し出した。

貴樹は身を引いた。目の前には古く罅割れた土壁と、黒々とした隙間が口を開けている。

——たぶん、と思った。

弟はあれに連れて行かれたのだ。幾度となくああして情死を強請《ねだ》られ、ついに拒みきれずに懇願に応じた。

二度と隣を見てはいけない。——決意は固いのに、それを貫く自信が貴樹にはなかった。

貴樹は翌日、久々に出掛けた。ホームセンターを探し、板と工具を買う。それを二階に持って上がり、隙間のある柱に沿わせて打ち付けた。ガムテープで目張りした上を板で覆って完全に封じる。さらには本棚の位置を動かし、背の高い箪笥を板の前に据えた。

やっと一息ついたところで細い三味線の音を聞いた。

——何重にも障壁を。

運び込んだ荷物を表側にある自分の部屋に移し、弟の部屋を閉ざした。襖を閉め、厳重に目張りをする。板は使い尽くしていたので、動かせるだけの荷物をその前に積み上げた。

——部屋を移そう。

一階にある両親の荷物を片付けて二階に運び上げ、二階を閉ざしてしまうのだ。そうやって暮らしを立て直し、職を探す。どんな仕事でもいい、見つかったらこの家を売り払って小さなアパートにでも移ろう。

強く自分に言い聞かせ、貴樹は一階へと降りた。

貴樹は数日、一階を掃除することに専念した。父母の荷物を整理し、捨てられるものは捨てる。二階へは可能な限り足を踏み入れないようにした。

やるべきことはいくらでもあった。職安に登録し、できる限り家を離れて町を歩くようにした。数日はそれで新しい生活に踏み出せるような気がした。だが、日に日に意識は二階へと戻っていく。やってやる、という最初の高揚感が萎むと、喪失感が襲ってきた。貴樹は女と隔てられてしまった。

――彼女を失った。

いや、失ってはいない。二階に上がり、障壁を取り除けばまた会える。最初はそのための手間を考えて自身を抑えていられた。そのうちに、あれこれと言い訳を探している自分を発見した。

上の荷物も整理しなければ。

積み上げた荷物も全部中を検めて整理したほうがいい。

熱気が籠もる。風を通したほうがいい。

弟の部屋を見ていたほうが、むしろ自分への戒めになる。

気もそぞろになった。一階の裏側、庭に面する部屋に蹲《うずくま》ることが多くなった。縁側に坐り、いつの間にか耳を澄ましている。三味線の音が聞こえないか。ときに微かに、爪弾く音が聞こえるような気がした。はっとした瞬間、自分が呼ばれているような気がする。

聞こえた気がしているだけだ――自分を宥《なだ》めて膝を抱いていた夕暮れ、貴樹はふと庭の一角にそれを見つけた。

歪な形の狭い裏庭、ろくな庭木もなく、放置されて雑草が生い茂ったままになっている。その片隅に朧《おぼろ》に花が揺れていた。

褪せたような薄紅、――芙蓉だ。

それはまだ小さかった。樹高はわずかに子供の背丈ほど。陽当たりが悪いせいか、幹も枝も頼りなく、葉も少なく色も悪かった。にもかかわらず、たった一輪、花が付いている。あるかなきかの風に頼りなく揺れていた。

両親が植えたのか。あるいは、墓地にあるあの木から——さもなければどこからか、種子が飛んできて根付いたのだろうか。

それを見ると堪《たま》らなかった。貴樹は立ち上がり、二階へ向かう。さまざまな言い訳を胸のうちで呟きながら、荷物をどかし、封印を解いて弟の部屋に踏み入った。微かに三味線の音が聞こえた。

——待っているんだ。

俯き、袂で顔を覆って泣く女の後ろ姿が甦った。泣かせているのは自分だ、という気がした。心なくも一方的に関係を断ち切った、そのことがああも彼女を泣かせている。

家具を動かした。自分で打ち付けた板を見て、一瞬、躊躇を感じたが、ほんの少し近くなったように思われる三味線の音がそれを雲散霧消させた。板に手を掛けると、打ち付けた板は情けないほどあっさりと剝《は》がれた。打ち付けた相手が土壁では、ほとんど釘は利いていなかったのだろう。柱に打った釘も、柱そのものが弱っているのか、ほとんど抵抗する力がなかった。

板を剝がし、目張りを剝がすと黒々と隙間が現れた。そこから吐息のように三味線の音が流れてくる。

貴樹は顔を寄せ——そして、困惑して顔を離した。柱に沿って空いた隙間を確認し、改めて顔を寄せる。そこには何も見えなかった。

何度も姿勢を変え、角度を変えてみたが結果は同じだった。隣の部屋はおろか、光すら見えない。

ここよ、と訴えるように三味線が鳴る。

思い余って貴樹は机からボールペンを取ると、隙間に無理矢理ねじ込んだ。ペン先を打ち込み、捏《こ》ねて隙間を広げる。広げては隙間を覗くことを繰り返し、ようやくうっすらと明かりが見えた。

だが、そこにあったのは、古びて錆《さび》が浮いた波板の壁面でしかなかった。わずかな残照で、風雨に傷んだ隣家の壁がすぐ間近に迫っているのが見て取れた——それだけだった。

——なぜ。

三味線の音は聞こえている。確かにこの隙間の向こうに女はいる。なのにその姿が見えない。本来、見えるはずのなかったものは、当たり前に見えるべき外壁に遮《さえぎ》られて覆い隠されてしまっていた。

貴樹は自分が女に見捨てられたような気がした。次いで、そうではない、と思う。女は貴樹を呼んでいる。げんに物憂げな三味線の音は続いている。誰かに隔てられたのだ、という気がした。ふっと甦ったのは、先日、渡り廊下のあたりで見掛けた若い男だった。庭師ではないが、庭師と同じように道具袋を腰に付けた男。あれは——ひょっとしたら大工ではなかっただろうか。

貴樹は階段を駆け降り、家を飛び出した。二軒先の料亭へと駆けつけ、門から玄関へと至る露地に水を撒いていた従業員を捉まえ、女将に会いたいと伝えた。貴樹の剣幕に驚いたのか、従業員は後退《あとじさ》るように建物の中に入り、すぐに代わって女将が出てきた。女将は、いつかのように涼やかな佇《たたず》まいでやんわりと微笑《ほほえ》んでいた。

「血相を変えて、どうなさいました」

「部屋に——あの部屋に何かしましたか」

責める口調になった。たぶん形相も変わっていたと思う。それを意に介したふうもなく、女将は「はい」と微笑む。

「障りのある部屋のようなので、改装をいたしました。万が一にも御迷惑がないよう、お宅様のほうに面する壁を塞がせていただきました」

「余計なことをしないでくれ」

「そう仰いましても」

「剝がしてくれ――すぐに」

貴樹が言うと、女将は凛《りん》とした表情でそれを拒んだ。

「お断りいたします。そもそもあれはうちの建物ですから。そちらさまに物音が漏れたり御迷惑がかかりませんよう、手を加えただけです。それを責められる謂《い》われはございませんでしょう」

女将の言う通りだった。貴樹には女将を非難する権利はない。

「しかし――」

諦めきれず言いさした貴樹に、

「これでもまだ御迷惑があるようなら、ひと思いにあの建物を取り壊すことも考えております」

言葉を失った貴樹に、女将は「では」と丁寧に一礼する。気勢を殺《そ》がれ、貴樹は力なく踵を返した。

貴樹は女将を責める立場にない。ましてや、塞いだ壁を元通りにしろと命じる権利もない。どうすることもできない。

無力感に苛《さいな》まれてしおしおと家に戻った。二階へと上がり、悪戦苦闘した痕跡もそのままの部屋へと戻る。隙間に顔を寄せたが、やはりそこにはあの部屋は存在しなかった。ただ、小さく三味線の音が響いてくる。

——済まない。

心の中で詫《わ》びて壁に額を当てた。はたり、と三味線の音がやんだ。爪弾く音が再び流れ出すのを貴樹は待った。しばらくののち、待ちきれずに隙間に耳を当てた。微かに忍び泣く声を聞いたように思った。

翌日、貴樹が依然として隙間から何も見えないことを確認し、悄然と一階へ降りると、格子戸の隙間から投げ込まれたのか、一通の手紙が玄関土間に落ちていた。拾い上げたその封筒には宛名も切手もない。封を切って中身を取り出すと、紙が一枚。その紙には拙《つたな》い鉛筆の筆跡で、「あいにきて下さい」とだけ書いてあった。

それ以後、隙間から隣の様子が見えることはなかった。隙間に耳を当てると、微かに忍び泣く声が聞こえた。咽《むせ》ぶような三味線の音と。ただ耳を当てているしかない貴樹のもとには、今日も拙い手蹟の手紙が舞い込んでいる。

——あいにきて下さい

——どうしてきて下さらないのですか

——いつなら会えますか

——いつになったら

きて下さいますか

関守

大通りには緑の風が吹いていた。

田園地帯の直中《ただなか》にあるショッピングセンターだ。大きな建物と広い駐車場、前を走る大通り。周囲には小さな商店が二、三あるものの、広い視界の大半を埋めるのは緑の田圃《たんぼ》だった。苗が伸びて一面緑の草原のようになったところに、点々と住宅やアパートが散らばっている。青い空の下、地平は広く、遠くに山並みが薄青く霞んでいた。

大通りの車通りは多くない。深夜にはトラックが途切れなく走るが、日中に行き来する車は大半がショッピングセンターにやってくる買い物客のものだ。しかも平日の昼下がり、買い物客が増えるにはまだ時間がある。道路は、すかすかに空いていて、田圃を渡って草の匂いを含んだ風だけが通っている。

初夏の陽射《ひざし》を浴びながら風の匂いを嗅いでいたら、道を横切る横断歩道の歩行者信号が青に変わった。

同時に音楽が流れ始める。

佐代《さよ》は顔を顰《しか》めた。佐代はこの陰気な音楽が嫌いだった。

「どうしたの？」

足早に道路を渡り始めると、隣に並んでベビーカーを押す由岐《ゆき》が訊いてきた。

「佐代ちゃんってさあ？　いつもここで嫌な顔をするよねー」

佐代は歩きながら由岐を振り返る。

「……そう？」

「いつもだよ。でもって、怒ったみたいにさっさと渡るの。ベビーカーと荷物があると、付いてくの大変なんだから」

ごめん、と佐代は歩調を緩めた。

「最初、なんか気に障ったのかな、と思ってたよ」

「ほんと、ごめん。意識してなかった」

言いながら、由岐の足取りに合わせて横断歩道を渡りきる。歩道の向こうは真っ直ぐに整備された用水路と一面の田圃だ。

草の匂いを嗅いで、佐代は息をついた。溜息とも息継ぎともつかない呼吸と一緒に、陰鬱な調子の音楽も妙な余韻を残して途切れる。

「……この音楽が嫌なんだよね」

言うと、由岐はきょとんとした。

「音楽？　『通りゃんせ』？」

「気味が悪くない？」

ああ、と由岐は呟いて小首をかしげた。

「そう——そうかなあ。確かに気味悪い歌詞だよね。曲調も暗いし」

でしょ、と答えながら、歩道を少し歩き、田圃に沿って右手に曲がる。曲がったすぐそこが佐代と由岐が暮らすアパートだった。コンクリートの箱のような二階建て。駐車場のある表に面するのも田圃だが、ベランダのある裏に面するのも田圃だ。陽当たりを遮るものは何もなく、風通しも良いから洗濯物がよく乾く。おまけに買い物には抜群に便利だ。借り上げ社宅なので家賃も安いし、夫が勤める工場は至近の距離。近くには夜遊びする場所もないので、仕事が終わればスクーターで真っ直ぐに帰って来る。文句のない住まいだった。あえて難を言うなら、田圃に水が入ると夜、蛙の声が喧《やかま》しいぐらいか。

敷地を歩き、建物の奥のほうにある階段へと辿り着く。二つある階段の左右に二部屋ずつ、上下に都合八部屋が並ぶ構造になっている。荷物を提げて階段を昇り、踊り場に面した部屋の鍵を開ける。佐代が鍵を開ける間に、由岐は階段の下で子供を抱き上げ、ベビーカーを畳んでいた。荷物はそのまま、子供とベビーカーを抱えて由岐は二階へ。佐代は荷物を部屋の中に運び、生鮮食料品を冷蔵庫に放り込んでから部屋を出、階段の下に置いたままの由岐の荷物をピックアップして二階へ向かう。——一緒に買い物に出た際には、必ず取る手順だ。

由岐の荷物を提げて真上の部屋へ。声もかけずに玄関を上がると、由岐が隣の和室に置いたベビーベッドに子供を寝かしつけていた。

「冷蔵庫に放り込んどく？」

「お願い」と言った由岐は、子供のお襁褓《むつ》を確認しながら、「あ、ブロック肉は冷凍庫に入れといて。——暑いからアイスティーにしよっか」

賛成、と応《こた》えながら、由岐の荷物を冷蔵庫に収める。お襁褓を替えて手を洗いに行った由岐に代わってリビングの窓を開けた。ベランダから見る田圃の遥か向こうには細く、穏やかな色の海が見えている。

——通りゃんせ、通りゃんせ

アイスティーを飲んで一息ついていると、和室から小さな声が聞こえた。

「……やめてよ」

「ん？」と、由岐は寝かしつけた子供を軽く叩いていた手を止めて振り返った。

「今、歌ってたでしょ」

佐代が言うと、由岐は舌を出す。

「つい出ちゃった。──懐かしいね。子供のころ、遊んだよね」

子供が二人向き合って手を取り合う。上げたその手の間をほかの子供たちが通って、歌が終わると同時に手を下げる。そのときに捕まった子供が──。

佐代は思い返して、

「どうなるんだっけ？」

「なにが？」

「こうやって」と、佐代は手振りをした。「捕まえた子。鬼になるんだっけ？」

「捕まえる係と交代するんじゃなかった？」

「捕まえた子は一人で、捕まえる係は二人なのに？」

「どっちかと交代？」

言いながら、由岐はリビングに戻ってきてラグの上に坐り込む。

「……だったかなあ」と、佐代は記憶を探ったが思い出せなかった。「あんまり遊んだ覚えがないから忘れちゃった」

「そうだねえ。流行《はや》ったことはなかったかなあ。幼稚園かなんかでやらされたくらいで」

由岐は氷が溶けて薄くなったアイスティーをストローで吸い上げながら、

「……今から思うと変な歌。何が怖いんだろうね」

——行きは良い良い、帰りは怖い

「男の人が怖いんじゃないの」

佐代が答えると、由岐は首をかしげた。

「男——。天神様の番人？」

佐代は笑った。

「なんで神社に番人がいるのよ。番人じゃないでしょ？　今で言う不審者」

「不審者って何？　そんな歌だっけ」

由岐は言ってから、早口に口ずさんだ。

——通りゃんせ、通りゃんせ

　ここはどこの細道じゃ

　天神様の細道じゃ

　ちっと通してくだしゃんせ

　御用のない者、通しゃせぬ

　この子の七つのお祝いに

御札を納めに参ります
行きは良い良い、帰りは怖い
怖いながらも通りゃんせ通りゃんせ

顔を蹙めた佐代を宥《なだ》めるように手を振って歌い終わってから、

「不審者なんて出てこないよ？」

「いるじゃない。『ここはどこの細道じゃ』って訊く人」

え、と由岐は眼を丸くした。

「訊いたのは母親でしょ？　そしたら番人が天神様の細道、って答えて、母親が通してくれって言う」

そんなわけないじゃない、と佐代は再び声を上げて笑った。

「母親は神社に御札を納めに来たんでしょ？　それで『ここはどこの細道じゃ』なんて訊く？　もちろん神社の細道でしょ」

「道をうろ覚えだったんじゃないの？　そうでなければ、初めて来た」

「神社に？」

「そう」と、由岐は大きく頷いてから、「近所の人に子供が七つになったんなら、天神様に御札を納めたほうがいいよ、とか言われたんだね。母親は別の地方からお嫁入りしたから神社の在処《ありか》をよく知らないの。このへん、って聞いて実際に行ってみて、細道に差し掛かって現在地を確認中」

「子供は七つ」

佐代は指を立てた。

「嫁入りと同時に子供を産んだとしても、最低七年は、確実に経ってる」

そっか、と呟いた由岐は、

「じゃあ――すごい遠方？」

「なんでわざわざ遠方の神社に行くの」

「行くじゃない。受験のときにわざわざ太宰府《だざいふ》まで行ったりとか」

「子供連れで？　昔の歌なんだから、歩きでしょ？　七つの子供の手を引いて徒歩で遠方の神社まで行く？」

行かないかなあ、と由岐は首をかしげている。佐代は笑った。由岐の勘違いが可笑《おか》しかった。

「第一、神社に番人がいるのって変でしょ。しかも、用がなかったら入るな、なんて。神社に来た人なんてお参りに来たに決まってるんだし、お参りが『御用』じゃなかったら、何が『御用』なの」

「そう言われてみれば……そうかなあ」

「しかも結局、御札を納めに来たってことで通してもらってるわけでしょ？　つまりお参りが『御用』でオッケーなんじゃない。だったら、番人のいる意味ないし」

「でも——じゃあ？」

不思議そうにする由岐に佐代は、

「だから、不審者」

「えええ」

「ここはどこだ、って母子《おやこ》に訊くわけでしょ。しかも通せんぼしてる」

由岐は瞬《また》き、

「……ちょっと、通してくださいよー」

「何の用だ、どこに行く。のっぴきならない用がなきゃ通さねえ」

「この子の七つのお祝いに、御札を納めに行くんですぅ」

「……って言って通ったものの、道にはまだ男が居坐ってるわけよ。だから、また帰りに通るのは嫌だなあと思ってる」

由岐はきょとんとしてから爆笑した。

「なに、それ。それ、絶対に変だよー」

「なんでよ。そうでないと辻褄が合わないじゃない」

「辻褄、合ってないし。道に通せんぼした不審者がいてもいいけど、用がないと通さない、なんて変すぎる」

佐代は頬を膨らませた。

「チンピラの言いがかりでありそうじゃない」

「彼女、どこ行くの、なんか用なの、用がなきゃ通さないよー、なんて？」

「そうそう」

「ないから！」

由岐に笑いながら断言されて、佐代は困惑した。ちょうどそのとき、

「お。何だ、賑やかだなあ」

リビングの入口から登志郎《としろう》の声がした。由岐が、今日は早番だと言っていた。

「トシくん、お帰りー。ねえ、聞いて。佐代ちゃん、面白い」

「うん？」と応えながら、登志郎は真っ直ぐに和室に向かう。由岐の話に耳を傾けつつ眠った娘の寝顔を覗き込んで、一通り聞くと、由岐と同じように「珍説だなあ」と笑った。

「――え？　わたし、間違ってる？」

間違うも何もないけど、と言いながら登志郎はリビングに戻ってきて、

「童歌《わらべうた》だし、解釈はいろいろあって当然だからね。――基本的に童歌って意味不明だったりするから。『かごめかごめ』とかさ」

「でも、珍説とか仰《おっしゃ》いませんでしたっけ？」

佐代が拗《す》ねてみせると、

「変わった解釈だとは思うけど」

「由岐の解釈のほうが変わってない？」

変わってないよー、と声を上げる由岐を制して登志郎は、

「この歌、僕の地元が発祥なんだよね」

え、と佐代は声を上げた。

「発祥なんてあるの？　トシくん、生まれは埼玉だっけ」

「――そう、川越《かわごえ》。そこの三芳野《みよしの》神社、ってとこ。ほかにも――小田原《おだわら》だったかな、発祥だって言われてる場所があったと思うけど」

言って、登志郎は説明した。

「三芳野神社は古くからある神社だったんだけど、あとからそこに城が築かれたんだよね。神社は城の中に取り込まれてしまって、だから本来、一般の人は出入りできなくなってしまった。けれども人々の信仰が篤かったので、特別にお参りの人だけ出入りしてもいいってことになったんだって」

「だから番人？」

「参拝客に紛れて、敵のスパイが城の様子を探りに入ってくるかもしれないからね。だから参道に関守を立てて出入りする人のチェックを厳しくしてたらしいよ。それを

歌った歌だって聞いたけど」

　そうだったのか、と佐代は思った。確かにそう説明されれば筋が通っている。

「でも……なんでそれが、『行きは良い良い、帰りは怖い』になるのよ」

「さあ？　入る人間よりも出る人間のチェックのほうが厳しかった、ってことなのかな」

「それ、可怪《おか》しくない？」

　佐代が言うと、可怪しいかなあ、と登志郎は苦笑した。

「だって――」

　行きにチェックされるなら、帰りのチェックも同じようなものではないだろうか。許されて中に入ったのなら、出るのだって同じように出られるはずだ。「怖い」ということは、行きの比ではない厳しい何かがあるはずでは。

　そう主張しようとして、佐代は口を噤《つぐ》んだ。確かに童歌の辻褄に目くじらを立ててもしょうがない。

　ただ、佐代は実は、この歌がずっと怖かった。今も嫌いだが、子供のころには聞いただけで泣いていた――と、親や親戚は未だに揶揄《からか》う。そしてそれは事実だった。

　佐代がずっと抱いていたイメージはこうだ。

　夕暮れ時の寂しく細い道に不審な男が立っている。不遜な態度で道を訊き、行く手を遮って絡んでくる。母子はなんとか切り抜けて、怯えながらこの男の脇を通って神社に向かう。周囲は深い森で、人気《ひとけ》がない。振り返れば道の真ん中で男は未だにこちらを見ている。御札を納める間に、あたりは完全に陽が落ちてしまうだろう。真っ暗な道を戻り、再びあの男の脇を通らねばならない——。


「ねえ、『ここはどこの細道じゃ』って訊くのは、母子？　それとも番人？」

その夜、佐代は帰ってきた雅昭《まさあき》に訊いた。夕飯を頬張りながら「へ？」と妙な声を上げた雅昭は、佐代が同じフレーズを歌うのを聞いて、

「ああ、その歌。——母子じゃねえの？」

「番人がいて母子を通せんぼしてる感じ？」

「そういう歌だと思ってたけど」

「それ、多数派？」

「普通なんじゃないの。違う意見を聞いたことがないし」

やっぱりか、と思いながら、佐代は溜息をついた。自分だけが完全に勘違いしていたなんて。佐代はずっと、自分の解釈が世間の常識なのだと思っていた。

「どうしたんだ、急に」

問われて、佐代は自分の勘違いについて語った。長い間、ただの一度も疑いを持たずにきたイメージ。

「でも、番人に通してもらったんなら、『帰りは怖い』のって変じゃない？」

佐代が零《こぼ》すと、雅昭は笑った。

「——母子は間諜」

「え？」

「つまり、スパイ。カモフラージュに子供を連れてきたけど、女は城の内部を探りにきたわけよ。とりあえず番人には御札を納めに来たとか言って入ったけど、帰りには正体がばれるかもしれない。だから怖い」

佐代は口を開けた。

「……そんな時代劇みたいな話？」

「辻褄は合うだろ」

笑った雅昭は、妙に得意気だった。

「ここはどこの細道ですか、なんて訊くまでもないことを訊いたのも、後ろ暗いことがあるからなんだよ」

「……なるほどねえ」

――確かに、辻褄はそれで合う。

佐代は軽く笑った。

「童歌にムキになって――馬鹿みたい」

「そうか？　面白いじゃないか」

そうね、と佐代は微笑んだ。

そもそも、辻褄などを求めることでもないのだろう。けれども来歴を知れば、それなりの辻褄が成立する。それを面白く思えばいいだけのことだ。

そう思ったものの、胸の中に痼《しこ》りが残った。

……でも、これは怖い歌だ。

「雅昭はこの歌、怖くなかった？」

「怖いと思ったことはないなあ。暗い歌だよな、とは思ってたけど」

「わたし、すごく怖かったのよね――子供のころ」

「歌が？」

「歌のイメージが」

暗い道、道に仁王立ちする黒い影。横をすり抜けて行くのは怖い。怯えながらその場を切り抜けても、また帰りにあの男のそばを通らねばならない。

「なんで、そんなイメージになるかなあ」

だよねえ、と苦笑してから、

「……小さいころにあった神社のせいかな」

佐代はそう答えた。

「うちの――もともと住んでた家の近くに小さい神社があったのよ。そのものズバリの天神様」

へえ、と言ってから雅昭は、

「お前の最初の家って、旧市街だっけ」

うん、と佐代は頷いた。

佐代の住むこの街は、河口に建つ城を中心に形成された。かつての城下町を旧市街と呼ぶ。のちに街は拡大する。広がったその部分が新市街だ。そこからもさらに町村合併によって街は拡大していた。発展したわけではないのだが、自治体としては広がり続けている。

佐代はその旧市街で生まれた。古風な町名が残る古い町だ。小学校の途中で親は新市街のさらに縁《へり》――郊外に家を建てて移り住んだ。そして今は、さらにその外側にいる。街の外れに大きな自動車工場ができて、それでできた新しい住宅地だ。まだ田圃と住居と半分半分――かつては農家と田圃しかなかった場所。

このあたりになると、郊外の住宅地としか呼びようがないが、旧市街は趣がぜんぜん違っていた。古い家並みと古い風習、昔気質《むかしかたぎ》の人間関係。佐代が生まれた家も古かった。薄暗く奥に長い町屋で、とにかく手狭だった。そこに祖父母と同居していたから、佐代は自分の部屋さえ持っていなかった。

その家があった町の一郭に、神社があったのだ。今となっては記憶も朧《おぼろ》だが、参道の脇にあった八重咲きの紅梅が綺麗だったことは覚えている。社殿は古く、小さいくせに毎年お神楽をやっていたと思う。なにしろ小さいからお祭りといっても小規模だが、それでも的屋《てきや》が二、三出ていて、覗くのが楽しみだった。

「その神社の脇に背戸《せど》があったんだよね」

佐代はテーブルに頬杖を突いた。

「背戸——ってみんな呼んでいたけど。家と家の間に細い石畳の道があって、突き当たりに木戸があってね、その向こうが神社なんだ。表の参道のほうじゃなく、社殿の脇に出る」

「へえ」

「あれは——お稲荷さんだったのかなあ。社殿の脇に小振りなお社があって、その前に通じていたんだよね」

小さな神社は子供たちにとって恰好の遊び場だった。佐代の家は背戸のほうにあったから、背戸を通って神社に通った。表の参道のほうを通ると、ずいぶんと遠廻りになるからだ。ただ、その背戸は暗かった。

「両側がずっと二階建ての家で、窓一つないんだよね。暗くなると明かりもない。今から思うと眼を瞑《つむ》って駆け抜けられる程度の距離なんだけど、子供のころには長く感じたな。遊んでいて夕暮れになって、急いで帰らなきゃって、背戸を通るのは怖かった。一足先に暗くなっちゃうから。びくびくしながら通るとき、頭の中で『通りゃんせ』が聞こえるんだよね」

——ここはどこの細道じゃ

　天神様の細道じゃ

佐代が小さく歌うと、

「まんまだもんな」と雅昭は頷いた。

うん、と佐代は頷き、

「怖いから参道のほうから大廻りして帰ることもあったけど——」

子供は遊びに時間を忘れるものだ。祖父母は帰りの時間に煩《うるさ》かった。夕飯までに帰らないと、ものすごく叱られた。遊びに夢中になって、はっと気づくと帰らなければいけない時間になっている。急がなければ叱られる。子供の足と気分にとっては、大廻りしている余裕がない。

「だから、怖い思いをしながら背戸に向かって——一生懸命、走って通り抜けて……」

ふっと、鬼、というイメージが脳裏を過《よぎ》った。鬼が、いる。

高い建物に挟まれた細い路地。古い石畳の向こうに大きな影が。あれは――。

「鬼……」

え、と雅昭が問い返した。

「鬼がいた……」と、佐代は呟き、慌てて頭を振った。

「違うな。鬼なんているわけないもんね」

無理に笑った。そう――いるはずがない。

「……そっか。背戸を神社に抜けたところにもう一つお社があったんだ。お社って言うより祠かな。鬼の石像が飾ってあって……」

「鬼が？」

思い出して、佐代は頷いた。

「鬼の像が二つと、気味の悪いお爺さんみたいな像が一つ」

「それ、役小角《えんのおづぬ》じゃないか？　鬼は前鬼《ぜんき》と後鬼《ごき》だろ。俺んちの近くにもあったぜ」

「なの？」

雅昭は川を挟んだ隣県の生まれだ。近くには修験道で有名な山があり、雅昭の実家には天狗を祀ってある。

「そうか……役小角か」

子供だった佐代は意味も分からず、単に気味の悪い像だと思っていた。だから背戸が余計に怖かった。背戸を抜けたところには鬼がいる、というイメージが、背戸に立ち塞がる怖い何か、というイメージに横滑りしてしまったのだろう。それとも――。

「……天狗？」

「は？」

立ち塞がる何かは赤い顔をしていた。

「違う、鼻は高くなかった気がする」

茶色の蓬髪にてらてらと光る厳《いか》つい赤い顔、金襴《きんらん》の狩衣《かりぎぬ》に――。

「あれ……なんていうんだっけ」

「あれって」

「作業着のニッカボッカみたいな」

「――はあ？」

間の抜けた声を上げる雅昭に、佐代は声を荒らげた。

「袴よ、短い袴！　脛《すね》が細くなった」

雅昭は驚いたように瞬きながら、

「た……たっつけ袴とかいうやつのことか？　祭りとかで使う」

「そう――そうかも」

豪華な模様の入った、錦のたっつけ袴。脛までが布で被われていて、そこに草鞋《わらじ》。

そんな鬼が、背戸に立っていた。

その瞬間、蘇った光景は鮮明だった。背戸の奥に鬼が立っている。怖くてたまらないのに行かねばならない。

——御用のない者、通しゃせぬ
「忘れ物……」

佐代は口走っていた。意識する間もなく口が動く。

「忘れ物をした……」

紅梅の枝に掛けた懐中時計。

「お祖父《じい》ちゃんの大事な時計だから、絶対に持って帰らなきゃ」

黙って勝手に持ち出したなんて、ばれたらすごく怒られる。

思った瞬間、ぐっと嘔吐感が喉を迫り上がってきた。思わず口を両手で押さえ、テーブルに突っ伏す。

「おい、佐代!」

その影に向かって、佐代は半ば泣きながら、震えながら時計のことを訴えた。

——ならば、通そう。

鬼は確かに、そう言った。

「……大丈夫か？」

雅昭の心配そうな声に、佐代はソファから身を起こした。横になっているうちに、ようやく気分が良くなってきた。

「もう、平気」

「どうしたんだ。風邪か？」

ううん、と佐代は首を横に振った。開け放したリビングの窓からは、涼しい夜風と蛙の声が吹き込んでいる。

「……鬼なんて、いないよねえ」

佐代が言うと、意外にも雅昭は押し黙った。

「どうしたの？」

「普通は、いるわけない、って答えるんだろうけどな、と思って」

「だよねえ」

「……でも、鬼のミイラとかあるだろ」

ああ、と佐代は呟いた。この街ではないが、近郊には鬼のミイラで有名な寺がある。

「造り物なんでしょ」

「とも言われてるけど。俺は——鬼は知らないけど、天狗に会ったって話は聞いたことがあるんだよな」

佐代はソファに坐り直して、身を乗り出した。

「天狗？」

「うん。俺の大伯父《おおおじ》さんだけど。子供のころ、父親と一緒に山に入って、天狗に出会ったことがあるって言ってた」

言ってから、

「本当に天狗だったかどうかは知らないぜ。ただ、山の中で妙なことがあったんだと」

大伯父さんとその父親は、山仕事のために山に入っていた。するといつからか、自分たちのあとを何者かが尾《つ》けてくる。姿も見えないし声もしないが、やぶを掻き分ける音がずっと付いてきていた。二人は飼い犬を連れていたが、犬も音のほうを気にしている。尻尾を巻いて、怯えているふうだった。

父親は何も言わなかったが、その物音に気づいている様子だった。用事は全て終わってないのに、途中で「今日はもう帰るぞ」と言う。まるで大伯父さんを追い立てるようにして、猛然と山を下り始めた。

やがて山の、木が鬱蒼としてものすごく寂しいあたりに差し掛かった。周囲には樹齢を経た高い杉が立ち並んでいて昼間でも薄暗く、普段から心細い気分のするところだ。その間を抜ける細い山道を、木の根に足を取られながら下っていると、頭上から声がした。

——食わせろ。

大伯父さんは怯えて頭上を仰いだが、杉の大木が作る濃い緑の大屋根に覆われて、空は見えず、頭上に差し掛かる杉の枝振りさえ見通しが悪い。と、突然、連れていた犬が火が点《つ》いたように吠え始めた。頭上に向かって唸っては吠え立てる。

大伯父さんは父親にしがみついた。まるで自分を「食わせろ」と言われているような気がした。犬は怯えたように尻尾を巻いたまま、それでも頭上の何かに向かって吠え続けている。父親は黙って腰に付けていた荷物を外すと、その場に置いた。

それには昼の弁当が入っていた。父親はそれを置いて、大伯父さんを背負うと、その場を逃げるように下り始めた。犬は相変わらず頭上の枝へ吠えている。父親の背中から振り返ったが、すぐに木立の間に見えなくなった。

「——二人は這々《ほうほう》の体で山を下って村に帰ったんだってさ。その夜、山のほうで犬の鳴き声が遠く聞こえていて、翌日、村の人たちで犬を探しに行った。そしたら、あの声が聞こえた場所にいたんだ。杉の木の上のほうに」

佐代は瞬いた。

「木の上に？」

「そう。杉の木って、こう——幹が真っ直ぐで下のほうには枝がないだろ。手掛かりもないような上のほうの、太い枝が枝分かれしたところにいたんだってさ。専門の人が苦労して登って、やっと助け降ろしたって」

へえ、と佐代は呟いた。

「犬は——登らないよねえ」

「まあ、不可能だよな。べつに怪我《けが》をしてたわけじゃないけど、よっぽど怖かったらしくて、その犬はそのあと、絶対山には近づかなかったって」

「それが天狗？」

「そう言ってたよ」

雅昭はその話を、大伯父だけでなく、大伯父の家の近所に住む人々からも聞いたという。自分の父親が木に登って犬を助けたんだ、という老人の話も聞いた。

「だから、犬が木の上で見つかったのは、本当なんじゃないかな。すると、天狗なんているはずはないんだけど、でもだったら、犬のことはどうなるのかなって気がするんだよな……」

ふうん、と佐代は呟いた。

雅昭の大伯父ということは、いつか紹介された本家の人——その父親になるのだろうか。古くからの信仰が残る山、その麓の古い里、古い町には古い何かが生き残っているのかもしれない、と思った。ならば——佐代が幼いころ住んでいたあの町にも、同じく古い何かが生き残っていたのかもしれない。

「わたし、鬼に会ったことがあるのかもしれない」

「かもしれない、なのか？」

うん、と佐代は頷いた。記憶がはっきりしない。背戸に立つ鬼の姿は記憶に鮮明だし、その脇を通り抜けたときの恐ろしい感じや、紅梅の枝に掛けた懐中時計など、断片は思い出した。けれども全体像がはっきりしない。

「神社で遊んでいて、遅くなって……もう暗くなっていたんで慌てて帰ろうとして。そしたらたぶん、忘れ物をしたことに気づいたんだと思うんだ。もう薄暗かったけど、慌てて取りに戻った。そうしたら、背戸の木戸のところに鬼がいた……」

背戸の神社側、古い木戸の前に鬼は立っていた。——その姿は鮮明だ。

「怖くて引き返したかったけど、懐中時計を持ち出したことをお祖父ちゃんに知られたら、すごく怒られるに決まってるし。だから、我慢して背戸を抜けて——」

そうしたら、誰何《すいか》された。実際に何と言われたのかは思い出せないが、忘れ物をしたこと、取りに戻らないと祖父に叱られることを泣きながら説明したのだと思う。朧にそんな記憶がある。

「そしたら、鬼は通してくれた」

――ならば、通そう。

「びくびくしながら横を通って神社に入って、遊んでいた場所で時計を捜したんじゃないかな。なかなか見つからなくて、深夜になってしまって……」

佐代が言うと、雅昭は口を挟んだ。

「深夜まで捜したのか？　子供が？」

「だと思うんだけど」

「まさか。祖父さん祖母《ばあ》さんは帰宅時間に煩かったんだろ。だったら深夜まで捜すわけがないし、第一、深夜まで子供が帰らなかったら大騒ぎになるぜ」

「そう……そうだよね」

確かに、延々捜していた記憶はない。紅梅の枝に掛かっていた時計を見つけたことだけを覚えている。

佐代は少し考え、

「深夜のはずはないんだけど……でも、ものすごく静かだった気がする。周囲には家があるのに、明かりもなくて人声もしなくて」

言って、佐代は一人頷いた。

「そう。大人が通り掛かったら助けてもらおうと思ったのに、人通りもぜんぜんなくて。表の参道が面する道は、日が暮れたぐらいで人通りが絶えるような道じゃなかったのよ。駅や繁華街に向かう道だし。でも、人が通ってた記憶はない。真っ暗な道の向こうに、黒々と家が静まり返ってて……」

けれども、背戸には鬼がいた。振り返ると、鬼は木戸のところから、じっと佐代を見ていた。

「とても背戸は通れなかったの」

――行きは良い良い、帰りは怖い

「だから表のほうから神社を出ようとして」

そうしたら、鬼に肩を摑《つか》まれた。佐代は凍り付いたように身動きができなくなった。

「そして……」

「そして？」

それからどうしたのか。いくら記憶を探っても、思い出すことはできなかった。

「覚えてない……」

呟いて、佐代は雅昭を見た。

「わたしに何が起こったんだと思う？」

雅昭は眉を顰《ひそ》めて考え込んでいる。

「あれ、鬼だったのかな。わたし、鬼に捕まってしまったの？　それとも、変質者？　気味が悪くて鬼のように覚えているだけ？　わたし、そいつに何をされたの」

雅昭は難しい顔で考え込んでから、

「祖父ちゃんの懐中時計は？　それから、どうなった？」

はた、と佐代は思い出した。

「あった。お祖父ちゃんが死んだとき、お墓に入れたもの。何かで表彰された記念に貰った時計だったの。だからとても大事にしてた。それで」

「じゃあ、忘れ物を取って家に戻ったことは間違いない」

「うん……」

「もしも何かがあったんだったら、親父さんお袋さんがそう言うんじゃないのか？」

確かに、関係する何かを聞かされた記憶はない。誰も何も言わない——というより、誰も何も知らないのじゃないかと思う。

佐代がそう言うと、

「じゃあ、お前は捕まったわけじゃないし、いつまでも家に帰らなくて大騒ぎになったなんてこともない」

「そう……そうだよね」

佐代は自分に言い聞かせるように呟いた。何かが起こったわけではないのだ、たぶん。それどころか、全部が夢の可能性だってある。あの背戸が怖かったから。『通りゃんせ』の歌が怖かったから。だからそんな夢みたいな体験談を作ってしまっただけなのかも。

——きっと、そう。

何度も自分に言い聞かせた。

だが、翌日、佐代は買い物に行けなかった。ショッピングセンター前の横断歩道を渡れなくなってしまったのだ。『通りゃんせ』の音楽を聞くと、動悸がして冷や汗が出る。目眩《めまい》がして立っていられない。

——通りゃんせ、通りゃんせ

通りたくなんかない、と佐代は胸の中で叫ぶ。絶対に、通らない。

日曜日、起きると雅昭がカメラを引っ張り出していた。雅昭自慢の一眼レフだ。

「どうしたの？　旅行？」

「行ってみようぜ」

言われて、佐代はどきりとした。

「……行く、って」

「その神社。行けば思い出すかもしれないだろ」

嫌、と佐代は呟いていた。思い出したくなんかない。そもそも佐代はずっと忘れていたのだ。これが記憶に蓋をする、ということなのかもしれない。蓋をしている限り、佐代はあの曲を嫌っていても、怖くて横断歩道を渡れない、なんてことはなかった。この蓋は開けてはならないものだったのだ。

「佐代が昔住んでたところを、案内してくれよ」

雅昭は言った。

「俺は、佐代が心配しているような悪いことはなかったと思う。子供が夜中まで帰らなかったら、警察が出る騒ぎになる。子供がそれを忘れても、絶対に周囲は忘れない。誰かが話題にするし、そうでなくても腫れ物に触るようになるはずだ」

「それは……そうだけど」

でもだったら、こんなに怖いのはなぜ？

「それを確かめに行こうぜ」

強く言われて、渋々車に乗り込んだ。

車は大通りを旧市街へと向かう。田圃の直中に真っ直ぐに敷かれた道は、道幅が次第に狭まるに連れて曲がりくねるようになり、古い家並みが両側に立ち並ぶころには、こぢんまりとした——けれども端正な佇まいを見せるようになった。

旧市街に入るといくらも経たずに、佐代が昔住んでいた校区に入った。子供のころに慣れ親しんだ町だ。古風な家の残る落ち着いた通りには、古い町名が付いている。昨今では古い町名は消えることが多いというが、この街は別だ。そもそも早くに町名が消え、市内の正式な住所は番地だけになっている。古い町名は郵便上の呼称としてのみ残っているのだが、おかげで藩政下の地名が今も変わることなく使われていた。

「……この先」

佐代が道順を指示すると、雅昭は手近にあったコインパーキングに車を駐めた。雅昭はカメラを肩に掛けて車を降りる。佐代は少し迷った末に、意を決して車を降りた。

駐車場の周囲は比較的新しい住宅が並んでいた。子供のころにはなかったタイプの建物だから、古い建物を取り壊して建て直したのだろう。では、この駐車場もかつては古い何かだったのだろうか。どこかこのあたりに家具店があったような気もするが、それが駐車場になったのか、住宅になったのかは判然としなかった。

——ほんの二十年前のことなのに。

記憶はこんなにたやすく薄れていくものなのだろうか。見渡してみても、かつての町並みが思い出せない。

駐車場を出た先に見えている丁字路のあたりからが、かつて佐代の住んでいた町内だった。神社はあの丁字路を過ぎた先にあったはずだ。「どっち?」と雅昭に訊かれ、指し示して歩き出そうとするが、足が重くて動かない。

そんな佐代を労《いたわ》るように、

「大廻りして行こうぜ」

雅昭が明るい声で言った。

「神社は最後でいいだろ。大廻りして、昔佐代が住んでたあたりに行ってみよう」

佐代はほっとして頷いた。旧市街もこのあたりは、道が碁盤の目のように整えられている。丁字路に背を向けて一旦、表通りに出、歩道を歩いてかつて家のあった方角へ向かった。

道の左右の景色は奇妙にずれて見えた。街の佇まいは変わっていない。なのに多くが見覚えのない建物だった。真新しいアパートや店舗、事務所や住宅。なのにその合間合間に唐突に古い建物が残っている。古い雑貨屋、建具店に銃砲店。この店構え、覚えている――と懐かしく思うが、店舗自体は閉められて、もう長い間営業している様子がない。たまに開いている店があると、今度は逆に建物が新しくなって、すっかり店構えが変わっていたりした。

似ているのに、違う。

なにかがちょっとずれてしまったような居心地の悪さ。――その感じには覚えがあった。鬼の脇を通り抜けて時計を取りに戻った神社がそんな感じだった。間違いなくいつもの場所なのに、何かが違う気がする。本当にここでいいのか不安になる感じ。

考え込む佐代を気遣ったのか、雅昭が、どうした、と声をかけてきた。

「……変わったような変わってないような。微妙だな、と思って」

佐代がこの旧市街から引っ越した先は、旧市街の外側に続く新市街だった。大人ならば自転車でも行き来できる距離、けれども子供の足にはもう別の街だった。校区も変わった。小学生にとって自分の住まう校区は世界そのものだ。校区を外れると別の地方のように感じられた。隣の校区ならまだしも、さらに離れてしまうと、異国のようだった。転校するとき、佐代は泣いたし、友達も泣いて手紙をちょうだい、電話をしてね、と言った。大人になってしまえば、どうということもない距離なのに。

佐代がそんなことを言うと、

「ああ、分かる」と雅昭は笑った。「男子にとっては敵国みたいなもんかな」

「――敵国?」

「なんか、敵愾心《てきがいしん》を持つんだよ。隣の校区との境に公園なんかがあったりするとさ、どっちが使うかで揉《も》めるわけ。先に使ってるほうがその日の使用権を取る」

佐代は笑った。

「不文律?」

「というほどでもないけど。別の小学校の奴が先にいると、面白くないからほかへ行こうって話になるんだよな。ところがたまに、明らかにうちの校区の遊び場に、別の校区の奴が入り込んで遊んでることがある。すると、これはもう絶対に揉める」

「そんなもの？」

「あのころは外で遊ぶっていうと、サッカーか野球だったからなあ。そこそこ広い公園でも遊べるのは一組だけだろ。だから別の校区の奴が遊んでると、出て行けって話になる」

「今はもう、そんなこともないのかなあ」

「ないかもなあ。そもそもサッカーとか野球とかやらせてくれないって言うしな」

ふうん、と相槌《あいづち》を打ちながら角を曲がった。大昔は曲がってすぐに銭湯があったが、これは佐代がいるころに閉めてしまったと思う。その隣は質屋だったか。今はどちらも姿を消して、アパートとその駐車場になっている。その更に隣、二軒ほど新しい家が建っているが、そこは以前、何が建っていただろう。記憶に引っ掛かる何かがないと思い出すことができない。なのにその先には、見覚えのある古い家があって、昔と同じように表のガラス戸が開け放され、土間の様子が見えている。

「……アパートの契約とかで」と、佐代は呟いた。

「うん？」

「何度も何度も自分の名前を書いていると、ふっとこの字で良かったんだっけ、って思うことってない？」

「ああ、あるある」

「それとおんなじ気分がする。──今」

ここで良かったんだっけ。疑問に思うが、すぐに記憶にある何かが現れて、ここで間違いない、と思う。なのにまたすぐ、ここで良かったのかと不安になる。

「あの日の神社もそんな感じだった。さっきまで遊んでた場所なんだけど、こんな場所だったっけ、って」

暗かったせいもあると思う。だが、冬場には同じように暗かったこともあるはずだ。帰らねばならない頃合いには、すっかり陽が落ちているのが常だったから。暗い神社を見慣れていないかったわけではない。

言っているうちに、新旧の家が立ち並ぶ一郭に差し掛かった。佐代は足を止めた。

「このへんだったと思うんだけど……」

古い家には見覚えがあるような気がするが、外壁が変わっているうえ窓や出入口もアルミサッシに変わっているから印象が違う。その両隣はまったく見覚えのない家だ。さらに隣はずいぶんと古い家のようだが、真新しいカーポートと塀が建てられているので、これまたはっきりしない。

佐代は四方を見廻して溜息をついた。

「自分の家が分からなくなってるとは思わなかったな」

「このへん？」

「だと思う。この新しい家じゃないかな。うちと隣と、無くなった跡に建ったんだと思うんだけど……」

同じような並びは後ろにもあったし前にもある。道路との位置関係からすると、このあたりだと思うのだが、もっと先だと言われれば納得しそうだ。

「いくつまで住んでたんだっけ」

「九つ——だったかな」

「鬼に会ったのは？」

佐代は軽く顔を蹙めた。

「そのだいぶん前だと思うけど、実際にいつだったのかは覚えてない」

そっか、と言いながら、雅昭は周囲の様子をカメラに収めた。

「じゃあ、神社に行ってみようか。大廻りする？」

「うん」と、佐代は答えて、一旦別の町内に出た。それからぐるりと廻って、神社の表参道のほうに向かう。歩くにつれ、足取りは重くなった。

「昔、ここには手芸店があって……」

魚屋に八百屋、雑貨屋、お寺にクリーニング店、店はどれも姿を消して新しい家に建て替えられているか、店舗を閉めてしまっている。昔ながらの佇まいで残るのは寺だけだ。子供のころにはそれなりに人通りがあったのに、今はほとんど歩く人影もない。

さらに少し進んだところが神社だった。小振りな石の鳥居は昔のままだが、周囲の景色はずいぶんと変わっていた。かつては三方を家に囲まれていたが、今では隣の建物が消え、駐車場になっている。おかげで境内が明るく広く感じる。

「ここ？」

佐代は頷いた。石の鳥居から真っ直ぐに延びる参道、正面にはお神楽のある本殿、隣に続くのは倉庫だ。お祭りに使う御輿などが入っていたと思う。もう一方の隣には小振りな建物がある。お稲荷さんだ。その脇には小さな祠と木戸が見える。

――まだあったんだ。

木戸がまだあるということは、背戸も昔のままなのだろうか。木戸は白い木でまだ真新しいように見えた。

「梅の木がない……」

佐代は見渡して呟いた。確か参道の脇にあったはず。大きな石の何かの碑があって、その脇に古い紅梅があったと思う。

「枯れたんだろうな」と、雅昭は言って、参道の脇に化石のように残る切り株を示した。

「そうか……枯れちゃったんだ……」

　枝に掛けた懐中時計。

「この脇に石があったと思うんだ。石を積んだ上に大きな石碑が立っていて――そこに登って枝に時計を掛けた……」

「なんで時計なんか持ち出したんだ？」

「いつも帰る時間を忘れちゃうから。遊び呆けて時間の感覚がなくなって、気がついたらもう遅くて、慌てて帰って叱られるの。だから時計を持って行けばいいんだ、って思ったんだよね」

　――そう。そうだった。

　帰りが遅くなることが続いたのだ。それで何度も怒られた。今日こそは遅れまいと、時計を持って出ることを思いついたが、目覚まし時計を持っていくのはどうかという気がしたし、持ち出せそうな小さな時計は祖父の懐中時計ぐらいだった。だから、こっそり持ち出したのだ。我ながら名案だと思っていた。

「でも、遊んでるうちに、これを落として壊したら大変だって気づいて」

壊したり失くしたりしたら大変なことになる。それで後生大事に紅梅の枝に掛けたのだ。鎖をうまく巻いて、落ちないようにしっかり留めた。これならみんな見られるでしょ、と得意満面、友達に言ったのを覚えている。

　雅昭は笑った。

「結局、誰も時計を見てなかった、って落ちだろ」

　佐代も笑って、

「そう」

「時計を見るのを覚えてられたら、帰るのを忘れたりしないよな」

「だよね。――例によって、暗くなってハッと気づいたわけ。その時には、時計のことなんて、すっかり忘れてた」

　急いで帰らないと――その一心で、怖い背戸のほうに走った。走り抜けて、家が近づいて、時計のことを思い出した。

　それで大急ぎで駆け戻ったのだ。背戸はもう真っ暗だった。両側に聳《そび》える家は、どちらも黒い板壁で、その谷間に延びた石畳の細道は、子供にとっては充分に長かった。その向こうには黒い木戸。そこに、大きな影が立ち塞がっていた。

　金襴の狩衣に錦のたっつけ袴、茶色い蓬髪、金色に眼を剝いた赤い顔。般若のように開いた大きな口――。

　――確かに、いた。

夢なんかじゃない、と言いかけたとき、ガタリと木戸のほうで音がした。佐代は思わず声を上げた。その声に雅昭が驚いたような声を上げ、さらには開いた木戸から姿を現した若い男が驚いたように動きを止めた。

木戸から姿を現したのは、鬼でもなんでもなく、ごく普通の若者だった。佐代よりも少し年下だろうか。Tシャツにジーンズと、ごく当たり前の恰好で、片手に木槌を持ち、腰には道具袋を付けている。

「ああ、ごめん」

雅昭が声をかけて片手を挙げた。

現れた彼も、ほっとしたように顔を綻《ほころ》ばせて軽く会釈をする。

まだ動悸で動けない佐代をその場に残し、雅昭は木戸のほうへ歩いていった。

「大工さん——？　修理？」

歩み寄ってくる雅昭に、男は頷く。雅昭は木戸の脇で足を止めた。すぐそばには小さな祠がある。それを見て、

「これも修理中？　役小角だね、やっぱり」

「ですね」と、若者は答えた。「このあたりは修験道も盛んですから」

「修理してるのは祠？　木戸？」

「木戸です。祠はついでで。——ずいぶん傷んでましたから」

「神社に木戸なんて珍しいね」

「そうですね、あまり見掛けません」

「君はこのあたりの人？」

いいえ、と答えた男は尾端《おばな》、と名乗った。

「建物なんかを修理する営繕屋です」

「木戸や祠も手がけるんだ」

「基本的に、依頼されれば何でもやりますよ。できれば、ですけど」

明るい調子の会話に安堵して、佐代は二人のほうに向かった。尾端は小柄だが機敏そうな若者だった。

「なんで木戸なんて付けてるのかしら」

佐代が言うと雅昭が、

「こいつ、小さいころこのあたりにいて、この背戸がすごく怖かったんだって」

へえ、と呟く尾端の肩越し、背戸を覗き込んだ。両側を建物に挟まれた石畳の細い路地。記憶にあるそれよりも短く思えるが、今は明るいせいもあるだろうか。

「天神様の細道ですからね」

尾端が言って、佐代ははっとした。

「歌の影響なのかな」と雅昭が言うと、

「それもあるでしょうね。でも、神社はときに怖く感じるものじゃないでしょうか。神域というのは、清らかで尊い場所だけれど、ルールを犯せば恐ろしい場所でもあるから」

雅昭と佐代が首をかしげると、尾端は笑った。

「そもそも神様がそういうものですからね。守ってくれもするけど、罰《ばち》も当てる。天神様は学問の神様と言われてますけど、そもそもは都に雷を落とした祟り神でもあります」

雷、と言われて佐代は雷神の絵を思い出した。言われてみればあれも鬼だ。

「天神様に鬼が出たりするかしら」

つい呟くと、尾端は首をかしげた。

「鬼、ですか?」

言葉に窮して慌てた佐代に代わって雅昭が、

「こいつ、鬼を見たことがあるらしいですよ、子供のころ。夢かもしれないんですけどね」

「角のある、あの鬼ですか?」

尾端は祠のほうを見やった。二体は紛れもなく鬼の姿をしている。

「うーん……」と、佐代は言葉を濁した。「夢のことだから……」

そう言ってから、

「赤い顔の鬼。――赤鬼？」

「狩衣にたっつけ袴だったらしいです」

雅昭が言うと、尾端は興味深そうにした。

「あまり一般的なイメージじゃないですね」

「でしょう」と、佐代は苦笑まじりに説明した。木戸の前に立ち塞がっていた鬼。

聞いた尾端は、

「それ、猿田彦《さるたひこ》じゃないかなあ」

「――え？」

「お神楽の猿田彦っぽいですよね」

尾端に言われ、雅昭は佐代を振り返る。

「ここ、お神楽があるって言ってたっけ」

「あったけど」

「じゃあ――お神楽の猿田彦を鬼だと思ったってことなのかな」

「だったのかしら……」

佐代は記憶を探った。

「でも、お神楽は秋だった気がするけど」

「稽古のためかなんかで、面や衣装を引っ張り出してたんじゃないか」

そう――だったのだろうか。それを雰囲気に呑まれた佐代が、勝手に怖がった？

「どういう状況だったのですか？」

尾端に訊かれて、佐代はなんとなくありのままを答えていた。それが許される雰囲気があった。

「お神楽の人だったのかしら？」

「違うと思います」

言った尾端は、神楽殿のほうに手招いた。

「一服しましょう。お茶でもいかがですか？」

神楽殿の縁《へり》に腰を降ろした尾端は、水筒のカップにお茶を注いでくれた。

「カップがこれしかないんで、お二人で使ってください」

そう言ってカップを佐代に手渡してくれてから、

「このへんの神社で行なわれるお神楽は、岩戸神楽の一派で、とても古いものなんです。岩戸神楽自体は、始まりが中世だと言われていますからね」

「そんな立派なものなんですか？」

佐代が言うと、

「何をもって立派というかは人それぞれでしょうけどね。神話に取材したお話が主で、出雲《いずも》流、伊勢《いせ》流と駈仙《みさき》神楽、修験道が入り交じった、この地方に独特のものなんです。岩戸三十三番といって、三十三演目が伝承されているのが普通です。お神楽で全てをやるわけではないのですが、儀式の上から絶対に外せないものもあるし、楽しみのために外せないものもある。ここみたいな古い神社で、昔から続いているお神楽の場合は、だいたい一日がかりです。昼間に始まって、終わりは夜になる」

佐代は思い返し、そして頷いた。

「そういえば、夜にお神楽を見た覚えがあるわ」

申し訳程度だが屋台があって、夜遅くまで近所の子供たちと一緒にお神楽を見る。とても「特別な日」という気分がしたものだ。

「たしか、昼間に鬼が町内を練り歩いた気もする……鬼に抱っこしてもらった子は元気に育つんだっけ」

尾端は笑った。

「そうですね。──そのお神楽を伝承するのは、専門の人たちなんです。ほかの祭りのように地元の人たちが守っているんじゃない。今では保存会と名乗っていることが多いと思いますが、神楽講のような組織がきちんと伝承していて、祭りの日には、その人たちに来てもらうんです」

尾端の話は意外だった。てっきり町内の誰かがやっていたのだと思っていた。

「この街にも保存会が一つあって、旧市街で行なわれるお神楽は、ほぼ保存会の人たちがやってくれます。衣装や面もその人たちが保存している。ですから、誰かが持ち出すことはできません。そもそもこの神社には、ありませんから」

「でも……だったら――？」

佐代が会った鬼――猿田彦？――は何だったのだろう。

言われてみれば、赤い顔は面のようでもあった。そばを通るとき、見上げたら、見降ろしてくる金の眼と視線が合って――。

「……違う」

佐代は呟いた。

「あれは、お面なんかじゃなかった……」

なぜなら、金の眼が佐代の動きを追って動いたから。佐代が通り過ぎるのを、鬼は横目で追って確かに見ていた。

尾端は無言で頷いて、木戸を見た。

「あそこに木戸があるのは、あの背戸から人が消えることがあったからなんだそうです」

どきりとした。

「人が、消える」

「昔——と言っても戦後のことらしいのですが、女の子が消えたことがあるそうです。あとを追い掛けていた弟は、姉が背戸に入るのを見ていた。置いて行かれまいとして背戸を抜けて神社に辿り着いたら姉がいない。待っていた友達も姿を見ていなかった。誰も来なかった、というのです」

「神隠し……」

「なのでしょうか。もともと人が消える、という噂はあったらしいんです。木戸を立てたらやんだ、という話だった。けれども単なる古くさい言い伝えだ、ということになって古びたのを機に取り壊して、そのままになっていたらしいんです。そうしたら女の子が消えてしまった」

——今は入ってはならない。

佐代は軽い目眩を覚えた。

「それで御縁のあった霊場から用材を頂いて、木戸を建て直したのだそうですよ」

鬼の脇を通り抜けて入った神社は、異様なほど森閑としていた。周囲の建物には明かりも見えず人の声も気配もなく、常には人通りのある道にも人影がなかった。真夜中かと思うほど静まり返ったその場所。

——ここは本当に、いつものあの神社なのだろうか。

異様な雰囲気に呑まれながら紅梅の枝から懐中時計を外して振り返ると、木戸には鬼が立ち塞がって佐代のほうを見ていた。

──行きは良い良い、帰りは怖い
とても、もう一度鬼のそばを通る勇気は出なかった。

そう──だから、佐代は表の参道のほうから出ようとしたのだ。

時計を外すために登った石から飛び降り、逃げるように鳥居のほうへと駆け出そうとした。そうしたら、背後から肩を摑まれた。

やんわりと、しかし断固とした力で向きを変えられた。赤い顔に金の眼をした鬼が佐代を見降ろしていた。

──来た道を戻れ。

鬼はそう言って、佐代を木戸のほうへ押し出した。だから──。

「……大急ぎで背戸に戻って、家に逃げ帰った……」

佐代が呟くと、雅昭と尾端が怪訝そうにした。

「帰ったら、まだ夕飯の前で、だからこっそり時計をお祖父ちゃんの部屋に戻した。何もなかった顔で、御飯を食べた」

佐代が話をすると、尾端は微笑んだ。

「本当に猿田彦様だったのかもしれませんね」

もしもあのまま、参道のほうから出ていたら。真っ暗で人気もない異様な街──誰もいないことを除いては何も変わらない、ほんの少し——けれども決定的にずれた街をさまようことになったのかもしれない。そして、こちらの佐代は消えていなくなってしまう。

佐代は両肩に蘇った手の感触に、自分の手を添えた。

「……わたし、守ってもらったんだ……」

尾端は眼を細めて微笑む。

「猿田彦命《みこと》は天孫降臨の際、迩迩芸尊《ににぎのみこと》を道案内したと言われる神様です。それで道の神ともされるんです」

「道の神様……」

「修験道とも縁が深い。……あなたが間違いなく帰れるよう、導いてくれたのかもしれませんね」

佐代は頷き、真新しい木戸を見た。

「新しくなったんですね」

「ずいぶん傷んでましたからね。以前と同じところから用材を手に入れることができたということで、悪いところは切って削り直して新しい木を接ぎました。あとは柿渋で仕上げれば終わりです」

そう、と佐代は微笑んだ。カップを尾端に返し、礼を言う。それから久方ぶりに社殿に参った。本殿に参り、稲荷社に参り、役小角に参り、そして最後に木戸に向かって一礼した。

——ありがとうございます。

意味が分かっていなかったから。お礼が遅くなってごめんなさい。

横で雅昭も、殊勝そうに頭を下げていた。

これでもう、たぶん鬼は怖くない。

けれども、あの歌が怖いことは変わらない。神域に通じる道は、ときどき恐ろしいのだ。行きは良くても、帰れるとは限らない。

——怖いながらも……

佐代は絶対に夕暮れの細道に足を踏み入れたりしない。——この先も。

まつとし聞かば

「お父さん、小春《こはる》、帰ってきた？」

軽い音を立てて店舗のガラス戸が開いた。俊弘《としひろ》が顔を上げると、息子の航《わたる》がガラス戸から入ってきたところだった。

「お帰り」

俊弘は声をかけて、「見てないなあ」とだけ答えた。

そっか、と幼い息子は声を落としながら、すぐ脇にある古い木製の棚の上を見やった。まだ小さい航の背丈ほどしかない商品棚にはパック詰めした茶葉を並べてある。その上には、縮緬《ちりめん》の座布団が一つ。少し色褪せた小座布団は、空っぽのままガラス戸越しの陽の光に膨らんでいる。

小春は俊弘の母親が飼っていた三毛猫だった。そしてこの小座布団が、小春の定位置だったのだ。店の中でいちばん陽当たりの良いここが、彼女のお気に入りだった。日中は常に、母親が古い着物を解《ほど》いて手縫いした、この座布団の上で機嫌良く居眠りをしていた。

俊弘は小座布団から目を逸らし、意味もなくレジ脇の茶筅《ちゃせん》を並べ直した。少しばかり気落ちした様子で店舗の土間を横切ってきた航は、カウンターの脇を通って、開けたままのガラス障子から茶の間へと上がっていった。そこにランドセルを降ろし、部屋を突っ切って台所に向かう。冷蔵庫から牛乳を出しながら食卓のほうを見た。

「おばあちゃんは？」

問われて俊弘は、どきりとした。航は食卓のほうを見たまま問う。古い小さな食卓は、その上に調味料や密閉容器が雑然と置かれ、食卓としての用をほとんど為していなかった。

「もう帰ってくる？」

「……どうだろうなあ」

俊弘はこれもまた曖昧に答えた。

たぶん、おばあちゃんが帰る日はもう来ない、という言葉を呑み込みながら。

母親が店で倒れたのは、二月前のことだ。くも膜下出血と診断され、緊急に手術をして一命は取り留めたが、予後は良くなかった。現在ではほとんど意識もなく、病院で寝たきりの状態だった。

航はその現状を知らない。管だらけになって病床に縫い止められている祖母に会わせたものかどうか――迷っているうちに二月が経ってしまった。

航は背中を向けたまま牛乳を飲み干し、コップを流しの上に置いた。コップの立てる小さな音が溜息のようだった。

俊弘が離婚して実家に帰ってきたのは、四年前のことだった。古い城下町であるこの街には、通える範囲内に大学がない。だから大学に進む若者は、一旦、この街を離れ、そして得てしてそのまま遠い街で就職する。古いだけの地方都市には、職もまたないからだ。

俊弘もそうだった。都会の大学に入るために家を離れ、そのままそこで就職した。そしてそこで結婚し、航を得た。離婚したとき、航は五つになったばかりだった。俊弘の職場は残業が多く、出張も多い。そんな自分が一人で航を育てるのには無理があると踏ん切って、郷里のこの街に戻ってきた。幸い、実家は祖父の代からの茶舗だった。早世した父親に代わって母親が店を引き継いでいる。小さな店だが、城下町のせいか、人口に比して茶道人口が多い。母親と俊弘、航の三人くらいなら食べて行けるだろうと考えた。

思えば、俊弘が父親を亡くしたのは五歳のときだった。同じく五歳で航は母親を失くした。同じマンションにいた友達とも、幼稚園の友達とも別れることになった。寂しい、と泣いた航の孤独を救ってくれたのが小春だった。

遊び相手になり、話し相手になり――もちろん小春は返事をしないが、それでも航が語りかけると、訳知り顔で耳を傾ける――夜には一緒に眠った。なのに姿を消してしまった。もう半月になる。

以来航は、外から帰ってくると必ず「小春、帰ってきた？」と訊く。そのたび、曖昧に答えながら、俊弘は言うべき言葉を呑み込む。

――小春はもう、帰ってこない。

なぜなら、死んでしまったから。

俊弘の母親は猫好きで、俊弘の記憶にある限り、家に猫のいない時がなかった。ただし母親は、田舎町にいる年寄りにありがちなように、旧弊なやり方で猫を飼っていた。つまりは、自由に外歩きをさせていたのだ。

これまで母親が飼ってきた猫たち同様に、好きなときに勝手に出掛けて勝手に帰ってくる。いつ猫が出入りしてもいいよう、玄関の古い戸には穴が開けてあった。そもそもその玄関自体、利用するのは猫だけだった。玄関は店の脇にある細い路地の奥で、この路地が傘を差す幅もなく、荷物を提げたままではスムーズに通ることもできない代物だった。行き来に不便なので人間は専ら店の戸口を出入りする。「うちで玄関をちゃんと出入りするのは猫だけ」と、母親はよく笑っていた。

だから半月前のある日、小春が帰ってこなかったことについて、俊弘はとくに心配はしていなかった。一晩くらい姿が見えないことは、よくあることだったから。

だが、その翌日のことだった。

早朝、新聞を取ろうと店のシャッターを開けると、小春は前の道で冷たくなっていた。無残な姿から、車に轢《ひ》かれたのだろうことはすぐに分かった。

おそらくは事故に遭《あ》い、それでも玄関に戻ろうとしていたのだろう。道路には脇の路地に向けて点々と砕けた足を引きずった血痕が残っていた。そして路地に辿り着くことなく、小春は力尽きてしまった。

外飼いしている以上、あり得ることだとはいえ、手当てもされず、看取られることもないまま死んだのだと思うと堪《たま》らなかった。冷えた身体を撫で、いじらしい努力を犒《ねぎら》い、丁寧に布でくるんで裏庭の隅に埋葬したのだが、いまに至るも俊弘は、航にそのことを言えないでいる。

言わなければ、とは思う。──小春のこと、母親のこと。頭では分かっていても、どうしても踏ん切りがつかなかった。ぐずぐずと迷っている間に月日は過ぎ、「今更言っても」という思いが、いっそう口を重くする。

不甲斐ない自分に溜息をついたときだった。小春、と航が呼ぶ声がした。家の中ではない、距離のあるどこかだ。

俊弘は振り返り、茶の間を覗き込む。茶の間にも、その奥の台所にも航の姿はなかった。あとは使うことのない玄関と、急な階段、トイレと風呂場があるだけの古く小さな家だ。店舗からほとんどの場所を見通すことができる。一階には航はいない。茶の間の脇にある階段の上にも、航のいる気配はない。小春、とまた声がした。どうやら裏庭から聞こえるようだった。

俊弘は茶の間に上がり、台所へ向かう。風呂場との間にある勝手口から外を見ると、狭い裏庭に航の姿があった。生垣の前に立ち、裏の家に向かって小春の名を呼んでいる。

「――どうした？」

航は泣きそうな顔で振り向いた。手にはキャットフードの袋が握られている。

「裏の家に行っちゃだめ？」

「どうしたんだ？」

生垣の向こうにあるのは古い空家だった。俊弘が中学に入ったころに独り暮らしの老女が亡くなり、以来ずっと住み手もないまま放置されている。

「小春がいると思うんだ」と、航は言った。「ゆうべ、声がしたんだよ」

俊弘は軽く溜息をついた。空家はどうやら野良猫の住処《すみか》になっているらしい。夜になると、シーズンでもないのに煩《うるさ》く鳴く声が常に聞こえる。

その家は、もともと猫の多い家だった。かつて住んでいた老女を、俊弘ら子供たちは「猫婆」と呼んでいた。犬も二匹ほどいたが、猫は最低でも十数匹、常にいたと思う。野良猫にも餌を与えていたから、広い屋敷の敷地はいつも猫だらけだった。いまで言う「猫屋敷」だ。母親は鳴き声や糞や臭いに愚痴を零《こぼ》しながらも、「あの人は猫好きだからねえ」と苦笑して、飼っている猫がいなくなったり死んだりするたびに仔猫を貰ってきていた。近所の人々の反応も概《おおむ》ねそんなふうだった。振り返ってみると、大らかな時代だったと思う。

そんな老女が亡くなって、以来、屋敷は空家になったままだった。老女には子供がいなかった。親戚付き合いもなかったようで、独りで寂しく暮らしていた、少し偏屈な人物だった。家の所有権はどうなったのか——おそらくは親戚が相続したのだろうが、いまに至るも放置されたままだ。時折、仮住まいらしい住人の姿を見ることもあったが居着くことはなく、基本的には二十年近く空いた状態になっている。特にこの数年は完全な無人だった。風雨に傷んだ建物は、荒廃の色が深い。屋根も歪み、いまにも瓦が崩れ落ちてきそうだった。危険だから絶対に近づいてはいけないと航には厳しく言い聞かせていた。

「危ないからだめだ。──第一、そこは他人の家だよ」

「でも、小春がいると思うんだ」

そう航は繰り返した。

「帰ってこないのは、動けないからなんじゃないかな。だからきっと、鳴いてぼくを呼んだんだよ」

俊弘は首を振った。

「それは小春の声じゃない。猫の声は、ずっと前からしてたろう？　小春はそんなところにはいないよ。猫にも縄張りがあるからね」

俊弘が言うと、航は項垂《うなだ》れた。幼い姿がいかにも痛々しかった。

──言わなければ。

こうして待つことが、航にとって良いことのはずがない。意を決して口を開こうとしたとき、航がしおしおと家に戻り始めた。口許を引き結び、懸命に涙を堪《こら》えているふうの顔を見ると、俊弘は何も言えなくなった。

勝手口から家に入る航を見送り、そして俊弘は庭の隅に目をやる。

墓標もないまま、そこには小春が眠っている。

翌朝のことだった。

「お父さん、小春は？」

唐突にそう訊かれ、俊宏は驚いて背後を振り返った。味噌汁の葱を刻んでいた手を止めて見ると、パジャマ姿のまま航が立っていた。

航は寝癖のついた頭を巡らせて、何かを探すように茶の間と台所を見廻す。

「どうした」と、俊弘は微笑んで答えた。「まだ寝惚けてるだろ」

「起きてるよ」と航は口を尖らせ、狭い茶の間と台所、双方の物陰を覗き込むように身を屈めた。小春、と航は名前を呼んだ。

「また出掛けちゃったのかなあ」

玄関を覗いた航は、気落ちしたように呟きながら戻ってきた。

「航、小春は……」

言いかけた俊弘を、航は遮った。幼い顔に眩しいような笑みを浮かべた。

「ゆうべ、帰ってきたんだよ」

「――ゆうべ？」

「うん。布団に来たよ」

言いながら、航は茶の間の隣にある洗面所に向かった。築六十年以上の古屋、洗面所とは名ばかりで、実のところは洗面台を置いただけの半畳ほどの窪みだった。

「夢を見たんじゃないのか」

俊弘が努めて軽く言うと、

「違うよ」と断言してから、「しっかり起きて見たわけじゃないけど、脇でゴロゴロいってたもん。小春、って声をかけたら、ぼくの肩のところにスリスリしたんだよ」

嬉《うれ》しそうな航を俊弘は困惑して見返した。

「よかった、と思ったらすーっと寝ちゃったんだ」

歯ブラシを手に振り返った航の嬉しそうな顔を見れば、嘘でないことは分かる。小春は航の寝床が好きだった。寒いころなら布団の中に、気候が良ければ布団の上で航に寄り添って眠る。

「起きて遊ぼうと思ったけど無理だった」

言ってから、航は得意そうに続けた。

「ね？　やっぱり裏の家に迷い込んでいたんだよ。昨日ぼくが呼んだのが聞こえたんだ」

航は笑ってから、小さく溜息をつき、大人のような憂いを込めた声で言った。

「……実はぼく、ちょっとだけ小春はもう帰ってこないかもって思ってた」

呟くように声を落として、台所に置いた小さな食卓に目をやる。返答に困って、俊弘はそうか、とだけ答えた。

「でも小春、すごい汚れてたよ」

「汚れてた？」

「うん。臭かったもん」

航は笑顔のまま顔を顰《しか》めてみせた。

「お風呂に入れないと」と、顔を洗い、「また小春、嫌がるね」と笑った。

珍しく饒舌《じょうぜつ》な航に生返事をしながら朝食を用意し、食べさせる。学校へ行く支度にかかったのを確認してから、茶の間から表の土間へと降りて店舗を開ける準備をした。

小さく古い店には、染み付いたように馥郁《ふくいく》と茶葉の匂いが漂っている。

「行ってきます」

ランドセルを背負った航は、店舗に降りてくると、店のガラス戸を開け、外に飛び出していく。集団登校する子供たちの群に駆け込むのを見送って、俊弘は茶の間脇の階段を二階へと上がった。

航の部屋には布団が出しっ放しになっていた。俊弘はくしゃくしゃになったままの航の布団を広げてみる。確かに小春がいつもいたあたり――航の右脇にあたる場所に微かな汚れが付いていた。何の染みだろう――赤褐色の何かを擦り付けたような汚れで、鼻を寄せると思わず顔を顰めるような異臭がする。

何かが昨夜、ここにいたのは確かなようだった。だが、それが小春であるはずはない。

野良猫だろうか、と俊弘は微かな汚れの残る布団を手に窓のほうを見やった。

裏の家に猫がいることは間違いないと思う。出入りする姿を見掛けたことはないが、煩く声がしているので確かだろう。棲み着く野良猫がいれば、何かの弾みで「小春の出入口」を通って家の中に入ってくる猫もいるかもしれない。不思議に——それが猫の習性なのだろうか——かつて一度も、玄関を通って野良猫が家の中に入ってくることはなかったが、あり得ないことでもないだろう。

また忍び込んでくることがあるだろうか。それが小春でないと知って、航はがっかりするだろうか。あるいは、その猫に情を移して小春のことを忘れてくれるだろうか。

そうなればいいのだが、と俊弘は航の布団からカバーを剝ぎながら考えていた。

幼馴染みの松原《まつばら》が店にやってきたのは、その日の昼下がりのことだった。同じ町内で酒屋を営む松原は、ちょくちょく俊弘の店に油を売りにやってくる。

「お袋が、これ持ってけって」

そう言って、松原は保存容器の入ったビニール袋を掲げてみせた。茶の間の上がり口に腰を降ろしながら、袋をその脇に置く。

「煮物と焼き鳥。晩飯にしてくれってさ」

幼稚園からの縁だから、互いの家族もよく知る仲だ。

「いつも悪いな。おばさんによろしく言っといてくれ」

うん、と頷いてから松原は、

「昨日、床屋の親父が見舞いに行ったって言ってた」

「行ってくれたのか。遠くなのに——悪いな」

「片や寡婦で、片や男鰥《おとこやもめ》で、仲が良かったからなあ。すっかりしょげてたよ。お袋さん、まだぜんぜん意識がないんだって？」

俊弘は頷いた。

「医者は、もうこのままなんじゃないかと言ってる。回復は期待できないかもしれないって」

そうか、と松原は溜息をついた。

「それで、航は連れて行ったのか？」

俊弘は首を横に振った。

「可哀想じゃないか。会わせてやれよ」

うん、と俊弘は曖昧に返事をする。

あんな姿の祖母でも、やはり会わせてやるべきなのだろうか。

「なんで会わせるのを嫌がるんだ？」

俊弘は答えられなかった。

「猫のことも――まだ言ってないんだろう」

これにもただ頷くしかなかった。

毎日欠かさず餌を取り替え、学校から帰れば「小春は」と訊く。――そんな航を見ていれば、望みなど最初からないにもかかわらず待ち続けることが惨《むご》いことだというのは分かる。ちゃんと知らせるべきだったのだろう。そのときに言えば良かった――そういう後悔なら、もう何度もした。

「なんでなんだ？」

再度訊かれて、俊弘は、

「意図したわけじゃない。……そういう巡り合わせになってしまったんだ」

「巡り合わせ？」

全ては間が悪かったのだ、としか言いようがない。

早朝、見つけた小春の姿は惨かった。事故に遭ったことは歴然としていて、あまりに痛ましくてバスタオルを持ってきてくるんでやった。そこに航が起きてくる足音が聞こえたのだ。

俊弘は多少なりとも小春の死に衝撃を受けていた。その衝撃を呑み込む時間の猶予がなかった。せめてくるんでやろうと洗面所から適当なバスタオルを持ってきたのだが、それがたまたま白かった。白いタオルにくるまれ、事故の痕跡が歴然とした小春の姿は、否が応でも別の死を思い出させた。

——航の母親だ。

航の母親——俊弘の妻が家を出て行ったのは、四年前のことだった。当時勤めていた会社から自宅のマンションに戻ると、彼女の姿と荷物が消えていた。部屋には幼い航と離婚届が残されていた。

妻が出て行った理由は分からない。意見が食い違うことはあったが、衝突することはなかった。もともと俊弘は事を荒立てるのが苦手だったから、衝突する前に自分が折れて回避してきたし、それを不満に思ったこともなかった。共働きだったので家事も分担していたし、社交的で活動的な妻よりも、むしろ俊弘のほうが家を守っていたようなところがある。実際、俊弘は同僚と飲みに行くよりも家で航の遊び相手をしているほうが好きだったし、付き合いで帰りの遅い妻を航の世話をしながら待っていることに不満はなかった。なのに突然、理由も告げずに出て行ってしまった。

どうやら妻は実家に戻ったようだったが、頑として電話に出ようとはしなかった。代わりに出た義母に事情を訊いたが、答えは得られなかった。娘はもう戻らないと言っている、という。それで離婚届に署名捺印して送ったのだが、妻も義父母も俊弘があっさり離婚に同意したことに狼狽している様子があった。だが俊弘は、暗い部屋の中、泣き疲れて眠っている航を見たときから、妻と歩み寄る気を失っていた。他のことはともかく、航を暗い部屋の中に置き去りにして行ったことだけは絶対に許せなかった。

そんな妻から——正確には義母から——連絡が来たのは二年前のことだ。突然、電話が掛かってきて、妻が事故に遭った、という。航を連れて駆け付けようとしたが、義母が「航は連れて来ないでくれ」と言う。それで一人駆け付けたのだが、そこには包帯だらけにされ管に繋がれた無残な姿があった。離婚した妻だったが、その姿に衝撃を受けた。男友達とドライブ中、事故に遭ったのだ、という。医者は回復の見込みはない、と言ったらしい。このまま死ぬか、このまま生き存《なが》らえるかのどちらかだと。義父母は訴えた。男友達には妻子があった。向こうも重傷で、しかも身内は拒絶的で、およそ今後の面倒を見てくれそうにない。——つまりは、このままの状態で生き存えることになった場合、金銭的な援助が必要だ、ということなのだった。

実際には妻は、五日後に死んだ。俊弘は最期を看取ると実家に戻った。葬儀には出なかった。

「……出る立場でもないし」と、俊弘は松原に説明した。「正直、出る義理もないと思ったんだ」

「そりゃまあ――そうだよな」

松原は頷く。

「むしろよく、五日も枕許についてたな」

「義父母が離してくれなかったんだ。揉《も》め事もあったし」

「揉めた？」

俊弘は頷いた。妻と一緒に事故に遭った男友達も同じ病院に入院していた。最初、この男はハンドルを握っていたのは妻だったと言った。男の妻と親族は、連日、病室の前にやってきて責任を取れと言い立てていたのだ。

「結局、妻が亡くなる前に警察が、男のほうが運転してたと結論づけてくれたんだが、そんな諍《いさか》いもあったから俺が呼ばれたんだろう。航を遠ざけたかったのも、そのせいじゃないのかな」

変わり果てた姿を見せたくない、という気持ちもあったろう。本当のところは分からないが、おかげで俊弘は航に「お母さんが事故に遭った」とだけ言って実家を出て来る破目になった。死亡したことは病院から電話して母親に伝えたし、母親が航に伝えたはずだった。ただ、まだ幼い航に理解できるよう説明はできなかったのだろう、俊弘が帰ったとき、航は事態がよく呑み込めていないようだった。「おかあさん、ヶガした？　痛い？」と訊くので、死んでしまった、だからもう痛くないのだと説明したが、七歳ではどれだけそれを理解できたのか疑わしい。結局、航にとって母親の死はリアリティを欠いたままになっている。

「小春をタオルで包んで――そうしたら航の起きてくる音がして、はっと小春を見たら、白い布にくるまれてて……」

それは駆け付けたときに見た妻の姿を否応なく思い起こさせた。航は自分の母親が、「事故で死んだ」ことは知っているが、理解はしていない。なのに生々しく事実を突き付けることになりそうで、咄嗟《とっさ》に小春の死体を隠した。

そうか、と松原は呟く。

「しかも、お袋はあの状態で――」

俊弘の母親が店で倒れたとき、航は学校にいた。俊弘は近所の人に航のことを頼んで母親と救急車に乗り込んだ。緊急手術が必要だと言われ、搬送された先の病院は遠かった。田舎町の宿命で、大学や職だけでなく、高度な治療を行なう病院にも乏しいからだ。それでも手術自体は問題なく終わり、容体が安定したので俊弘は家に戻った。航を連れて様子を見に行ったのはその翌日で、そのときには母親もはっきりと意識を取り戻していた。「心配かけてごめんね」と言い、その瞬間の痛みについて冗談を言い、頑張って良くなってできるだけ早く家に戻るからね、と約束することもできた。

病院自体が遠方で、商売もあるから頻繁には見舞いに行けない。行けないでいるうちに二度目の出血が起こった。

このときも航は学校にいたから、俊弘だけが病院から連絡を受けて駆け付けたのだが、結局それ以来、母親は一度も意識を取り戻していない。当初は面会もできない状態で、それで航は術後に会って以来、祖母に会っていない。だから「早く家に戻る」と言った、そのときのままで記憶が留まっている。

「なあ……お前、人が死ぬってことを理解したのは、何歳のときだった？」

俊弘が訊くと、どうだったかなあ、と松原は首をかしげた。

「小学校のころ祖父《じい》さんが死んだけど、それはぜんぜんピンと来てなかったなあ。家で看取ったんだけどさ。でも六年のとき、飼ってた犬が死にそうになって、ものすごく怖かったことは覚えてるな。死ぬってことがどういうことなのか分かってて、それを目の前に突き付けられた気がしたんだろう。それまでに母方の祖母《ばあ》ちゃんが死んだり、近所の爺さんが死んだりして……だんだん呑み込んだんだろうなあ」

俊弘は頷いた。俊弘もまた、自分がどうだったか思い出すことができない。父親が死んだのは小学校に入る前だったし、そもそも父親の記憶すら朧《おぼろ》だ。その後に親戚の死があり、近所でも死があった。この古い街には隣近所で助け合う隣保班《りんぽはん》という制度が残っている。要は「隣組」だ。昔は町内で死に事があると葬式の面倒も隣保班で見た。そんな中でごく自然に、なんとなく理解していったのだろう。できれば航にも、そうであってほしい、と思う。

それとも、これは自分の我が儘だろうか。

母親の死、祖母の容体、小春の死——航の周囲には「死」が多すぎる。小春の死を伝えたら、今度は理解できるだろうか。そのとき、母親の死も、改めて理解し直すのだろうか。そのうえ祖母も同じく死に瀕しているのだと知れば、どう感じるのだろう。

俊弘には想像できず、受けるであろう衝撃を癒してやる方策も分からない。それで祖母の容体についてもはっきりとは言えず、小春のことも言えないでいる。

「……不甲斐ない、とは思うんだが、決心がつかないんだ……」

俊弘がそう言うと、松原は頷いた。

「時間に任せるしかないこともあるさ」

そう笑って言って、「じゃあ」と戻っていった。


その日、学校から帰ってきた航は、「小春は?」と真っ先に訊いた。

ほんのわずか迷って、俊弘は「見てないなあ」とだけ答えた。

そのあと、航は玄関に陣取って宿題を広げた。結局そのまま夜遅くまで玄関で小春を待ち続け、再三、もう寝るようにと言われて、ようやく二階へと上がっていった。

それ以後、俊弘も自室の襖を開けて気をつけていたが、二階へ昇ってくる猫はいなかった。裏の家では煩く猫が鳴いている。

ただ、深夜、「小春」と航が眠そうに呟くのが聞こえた。寝言だろうが、妙にはっきりとした声だった。

——やはり航は夢を見たのだろうか。小春が戻ってきた、という夢。

夢であればいっそう不憫なことのように思える。罪悪感で眠れなかった翌朝、航は当然のことのように訊いてきた。

「お父さん、小春は？」

やはり昨夜の寝言は、夢を見たせいなのだろう。

「ゆうべ、誰も来なかったと思うがなあ」

「来たよ」と、航は明るく断言した。「小春、って声をかけたら、スリスリしたもん」

「寝言なら言ってた」

「寝言じゃないよ。ぼく、しばらく撫でてたんだから」

そうか、と苦笑して、俊弘はそれ以上の言及を避けた。航を学校に送り出し、布団を畳みに二階へ上がる。そして、航の布団を見て眉を顰《ひそ》めた。

布団の、昨日と同じ位置に擦り付けたような汚れが付いていた。

昨日、汚れの付いたカバーは確かに換えた。新しいカバーに掛け直したのだ。にもかかわらず、新たに汚れが付いている。

異臭を放つ赤褐色の汚れ。

野良猫だろうか。また入ってきた？

だが、俊弘は昨夜、ずいぶんと遅くまで目覚めていた。廊下に面した襖は開け放してあったし、航の部屋は俊弘の部屋の奥だ。何者かが廊下を通ったのなら気づかないはずがない。特に、「小春」というあの寝言が、航の言うように何者かに向かってかけられた言葉だとすれば、俊弘は必ず気づいたはずだ。

そういえば、航は毎日、小春の餌を替えている。玄関脇にあるその餌には手を付けた様子がない。野良猫が入り込んできたのだとして、まったく餌に見向きもしない、などということがあるだろうか。

野良猫にしては、何か可怪《おか》しい。

俊弘はこの日、近所の電器屋でセンサーライトを買ってきた。乾電池で動き、センサーの前を横切るものを感知して小さな明かりが点く。それを二階の廊下に設置し、襖を開けて夜半を待ったが、明かりが点くことはついぞなかった。

やはり航の夢なのだろうか。翌朝、釈然としない気分で起きて着替え、自室を出、そして俊弘はすぐそれに気づいた。

航の部屋の襖が透いている。

それはちょうど、猫が通り抜けるほどの幅だった。

まさか、と航の部屋の中を覗いてみたが、眠った航の周囲に猫の姿はなかった。

俊弘は困惑しながら襖を子細に見る。微かな異臭がしていた。――小春は器用に襖を開けた。俊弘と航が同居するようになってからは、航のそばが小春の寝場所で、冬場は寒いからと襖を閉め切っていても自分で開けて航の寝床に潜り込む。布団の定位置に、今ちょうどその幅だが――そう思い、眠った航の周囲を検《あらた》める。布団の定位置に、今日もまた汚れが付いていた。

また来たのだ。しかしそれは、絶対に野良猫などではない。それどころか、生き物ですらないのかもしれなかった。

その夜、航が寝入ったあと、俊弘は小春の玄関を荷物で塞いだ。得体の知れない「何か」を、航のそばに寄せ付けたくなかった。出入口を塞いだだけでは安心できず、この夜も襖を開けたまま横になり、廊下を見張る。裏の家では今夜も猫が鳴いている。

そしてどれほど経ったころだろうか。微睡《まどろ》んでいた俊弘は、息苦しいような気がして目を覚ました。部屋の中は妙に暗くて、周囲の様子すら分からない。ただ、なにか腥《なまぐさ》い臭いを感じた。腥く、温かい吐息のようなものが顔へと漂ってくる。

――何か、いる。

思って身動きしようとしたが、ままならなかった。布団を被った胸の上に何かが乗っている。呼吸に難渋するほど重い。

必死で息を吸うと、胸が少し持ち上がった。と同時に、くっと、布団越し、鋭利な何かが食い込む感触がする。――まるで猫の爪のように。

息ができない。

懸命に呼吸していると、自分がベッドに縫い止められているような気がした。酸素マスクを着けている母親、人工呼吸器に繋がれた妻。白い病床、無機的な機械音、――ただでさえ暗い視野が暗黒に侵蝕されていき、そして暗転していった。

――夢だったのかもしれない。


その翌朝のことだった。俊弘は、いつものように目を覚まし、そして軽い胸苦しさを覚えて昨夜の夢を思い出した。

まるでベッドに寝ていたのが自分で、そのまま死んでいくような――。

ひどく身体が怠《だる》かった。身を起こすと胸が痛む。見ると、布団の胸のあたりにうっすらと汚れのようなものが残っていた。鼻を近付ければ異臭がする。――航の布団に残っていたあれだ。

夢だったのではないのだろうか。しかし、あの重みは猫どころではない。

現実のはずはない――と、俊弘は軽く首を振った。どんな真夜中でも、明かりがなくても、何も見えないほど部屋の中が暗い、などということはないのだから。

思いながら階段を降りて、俊弘はぎょっとした。階段を降りたそこが茶の間で、茶の間と台所を仕切るガラス戸は、常に開けたままだった。なので階段を降りれば否応なく台所の様子が目に入った。

床一面に粉が撒き散らされている。

「なんだ？」

独りごちながら、俊弘は台所を見渡した。流しの下、食器棚、方々の扉や戸が開いていた。さまざまなものが床に引き出され、袋の類は食い破られている。中央に、大ぶりの丸い缶が転がっていた。茶筒を二廻りほど大きくしたような缶は蓋が開き、中の粉がぶちまけられている。

泥棒だろうか、と思ったが、茶の間が荒らされた様子はない。何者かが台所で食べ物を漁ったという感じだった。

俊弘はあたりのものを拾いながら台所に入った。転がっている缶は、鰹節と煮干しを合わせて挽いた粉だ。俊弘の母親は、化学調味料代わりにこれを使っていた。母親が倒れたあとには俊弘も使っている。だから缶の中にどれだけの粉が残っていたかは覚えていた。たしか粉は缶の七分目まで残っていたはずだ。それがいま、床にぶちまけたぶんを除いてほとんど残っていない。床を掃いて集めても、到底、七分目には足りないだろう——思いながら屈み込んで、俊弘はその粉の上に足跡が残っているのを見つけた。

それは動物の足跡であることは確実で、だが、猫の足跡にしては少し大きすぎるようにも見えた。何かの生き物が入ってきたのか？

けれど家中は戸締まりしてある。念のため視線を投げてみたが、台所の窓は閉まっているし、裏庭に出る勝手口も中から鍵を掛けてある。振り返って店のほうを見てみても、店との間にあるガラス障子は閉まったまま、さらにその脇にある玄関の戸も同じく閉まったままだった。——小春の玄関を除いては。

小春の玄関は、ガラス戸の下のほうにある板の部分を四角く切っただけのものだ。そこに風避けのためにクリアファイルを切ったのを、ガムテープで留め付けてあった。出入りできるのはせいぜいが猫くらいだろう。その程度の大きさしかない。しかもその穴は、昨夜荷物で塞いであった。

だが、その荷物が動いていた。伝票の入った段ボール箱だが、小さいながらも重みのあるそれが、脇へと押し退けられている。穴から潜り込んできた何者かが、力任せに押しやったように見えた。それはたぶん、航の許に通っている何者かなのだろう。段ボール箱の表面に、赤黒い汚れが擦り付けられていた。

それを確認していて、俊弘は玄関の床板と土間にうっすらと白く足跡が続いているのに気づいた。それは小春の出入口へと向かって消えている。

俊弘は久々に玄関を開けた。左右を見渡し、罅《ひび》割れたコンクリートの舗装を確認したが、路地には足跡を発見することはできなかった。左手には路地の向こうに裏の空家が見えている。――あそこから来て戻っていったのか？　やはり野良猫なのだろうか？

ゆうべの重みを思い出した。猫が胸の上に乗ったからといって、息ができない、などということがあるだろうか。

思いながら玄関に戻った。畳一枚ぶんの板の間の端には、白い器が二つ並べてあった。一方には水が入り、もう一方にはキャットフードが入っている。だが、そのキャットフードは減っていない。航が昨夜替えたときのまま、こんもりと山になっていて、鼻を突っ込んだ様子すらなかった。

――これを無視して、台所へ？

疑問に感じながら足跡を目で追っていて気づいた。足跡のうちのいくつかに、引きずったような跡がある。

どきりとした。

死んだ小春の片脚は、潰れたようになっていた。

……まさか。

そう思い、即座に頭を振って苦笑する。

――小春は死んだ。

土の下に埋葬したものが生き返るはずもないだろう。引きずったように見えるのは、たまたまそういう加減になっているだけなのだろう。そもそも鮮明な足跡でもないのだから。

思いながら、時計に目をやり、そろそろ航を起こす時間だと気づいて、俊弘は慌てて台所を片付け始めた。

「お父さん、小春は？」

案の定、起きてきた航は真っ先に訊いてきた。俊弘は例によって「見てない」とだけ答えた。航は不思議そうに茶の間を見渡す。

「ゆうべはいたのになあ」

「また帰ってきたのか？」

俊弘が訊くと、航は頷く。

「いつもの場所で一緒に寝たよ。撫でてやったらゴロゴロいってた」

そう言って、航は嬉しそうに笑う。

「あれ聞くと、ぼく、すぐに寝ちゃうんだ」

そうか、とだけ俊弘は答えたが、ひどく不安な気分になっていた。単に野良猫が迷い込んでいるだけならいいが、もしも俊弘が昨夜見た夢が本当のことだったとしたら？

――あれを航に近付けたままでいいのだろうか。

胸のあたりに爪の感触が蘇った。と同時にふと脳裏を過《よぎ》ったのは、店で倒れた母親の首に疵《きず》があったことだ。そのとき、俊弘は商店街の寄り合いで出掛けていた。土間に倒れていた母親を発見してくれたのは馴染みの客だ。救急車を呼んでくれ、すぐ近所の寄り合いをしていた蕎麦屋まで使いを走らせてくれたのだが、倒れた母親のうなじには疵があった。深いものではなかったが、何か鋭利なもので引っ掻いたような疵で、薄く血が滲《にじ》んでいた。倒れた際に、商品棚の角か何かで掻いたのだろうと思ったのだが――。

緊急手術を受け、目覚めた母親は、倒れた瞬間のことは覚えていなかった。倒れる前、酷い頭痛がして吐きそうだった、そのことだけを語った。

――関係はないよな？

あるはずがない、と俊弘は自問自答する。夢見のせいか、自分がナーヴァスになっている、と感じた。

それでも、航を学校に送り出したあとも、どこか不安な気分は去らなかった。良くない予感のようなものがする。航のことが心配でならない。

それはまさしく、予感だったのかもしれない。――昼前、一本の電話があった。

受話器を取ると、回線の向こうから聞こえてきたのは義母の声だった。二年ぶりに聞く、死んだ妻の母親が発する「俊さん」という呼び名。

「久しぶりね」と、義母は言った。答えに窮して生返事をすると、義母は「どうしているかと思って」と言う。近況について尋ね、そして航の様子について尋ねた。

「元気にしてます」とだけ、俊弘は答えた。

「もう四年生？」

俊弘が肯定すると、義母は少し口籠もる。嫌な予感がした。

「実は――私たち、そろそろ航を引き取ろうと思って」

一瞬、俊弘は意味が分からなかった。

「娘がずっと気にしていたのよ、航のこと。いずれ一緒に暮らさないと、って」

啞然として受け答えできないでいると、義母は一方的にまくしたてた。男親だけでは行き届かないことがある。やはり子供には母親がいないと。娘は引き取るつもりでいた。病院に担ぎ込まれたときも、意識を失うまで航のことを気にしていた。航に会いたいと言いながら意識を失った。あなたもそろそろ再婚したいのでは。そのとき航がいては。これは娘の遺志だから。

言葉の断片が耳に刺さる。不快で腹立たしい言葉の洪水だった。

——担ぎ込まれたとき、意識はなかった、と義父母は言った。そもそも妻は、航を置き去りにして出て行った。妻の死の際にも、引き取りたいなどという意思表示はなかった。以来、一度も連絡をして来なかった。

言い返してやりたい言葉はいくらもあったが、返す隙を与えられなかった。胸が痛んだ。昨夜、何者かが爪を当てた場所だ。そういえば——妻は常に爪を長く伸ばしていた。

——やくたいもないことを考えている。

混乱のあまり、自分が逆上しようとしているのだ、と思った。そのときだった。

「どうした？」

声をかけられて、顔を上げると松原だった。

俊弘は、ほっと息を吐いた。頭に昇った血が下がってくる。少し冷静になった。

「済みません」と、俊弘は義母の声を遮った。「お客さんなので」

抵抗する義母の声、聞こえてもいないだろうに訳知り顔に頷いた松原は、声を張って「悪いけど、急いで包んでくれないかな」

そう言ってくれた。

「ああ、熨斗《のし》もかけて」

「そういうことなので」と、俊弘は言った。「何を言われても手放すことは、絶対にありませんから」

強く言って、一方的に電話を切った。ほっと溜息をつくと、松原は例によって勝手に茶の間の敷居に腰を降ろす。

「なんかタイミング、良かったみたい？」

「助かった」と、俊弘は応じた。興味深そうにしている松原に事情を話そうとしたとき、松原が膝の上に小さな段ボール箱を載せていて、そこからゴソゴソと音がするのに気づいた。なんだろう、と思っていると、にゃあ、と小さな声がする。

驚いた俊弘に、松原は箱を開けてみせた。とたんに小さな頭が顔を出した。まだふわふわと和毛《にこげ》の生えている白黒ぶちの仔猫だった。

俊弘が驚いていると、

「隣の物置の前に捨ててあったんだと」

松原の営む酒屋の隣は昔ながらの畳屋だった。店舗の隣には仕事で使うトラックを停める駐車場と物置がある。

「隣は先代からの遺訓で猫は御法度だから」

そう言って、松原は笑った。畳屋の現在の亭主は俊弘らの先輩だ。先輩の家ではずっと猫は飼わない方針になっている。売り物の畳表で爪を研がれたら商売にならない、ということらしい。

「こういう言い方はどうかと思うが、航も気が逸れるんじゃないかと思ってさ」

その日、帰ってきた航は仔猫を見て歓声を上げた。

「飼っていいの？」

表情を輝かせて訊いた航はしかし、すぐに複雑そうな顔になる。

「……小春が嫌がらないかな」

不安そうに言って、

「また帰ってこなくなったりしないかな？」

「大丈夫だろう」と、俊弘は応じた。「それより、名前を考えてやれよ」

嬉しそうに頷いた航は仔猫を抱き上げた。その夜はさすがに仔猫を構うのに忙しく、玄関の見張りはやめたようだった。――それは悪いことではない、と俊弘は思う。

もしもあれが野良猫ならば、仔猫の気配を感じて遠ざかってくれればいいのだが。

――でも、もし。

野良猫ではない何かだとしたら？

その答えは呆気なく出た。

その翌日、まだ名前も決まらないままの仔猫は死んだ。

それを発見したのも、やはり俊弘だった。

航が小春だと思っている何者かは、昨夜は家に入ってこなかったようだった。気落ちしたように二階から降りてきた航は、茶の間に置いた段ボール箱の中を覗き込んで表情を和ませた。航が入れてやったタオルに埋もれるようにして寝ていた仔猫は、航が指でつつくと目を覚まして、ひとしきりじゃれついた。

いつまでも遊んでいようとする航をなんとか学校へ送り出し、俊弘は店に出る。商店街の用で呼び出され、話をするために斜め向かいの手芸店に行ったのは、ほんの十分ほどのことだった。

話を終えて店に戻り、入ってすぐに異変に気づいた。店舗からカウンター越しに見える茶の間が、明らかに荒らされていた。

いつかの朝のようだった。茶の間から台所まで、あらゆるものが引きずり出され、荒らされている。その中に段ボール箱の残骸が転がっていた。引き裂かれたように壊れた箱は押し潰され、その場所に近い壁際にはタオルの塊が落ちていた。昨夜、航が仔猫の箱の中に入れてやったものだ。

恐る恐る取り上げて開いた。仔猫は血に染まったタオルの中で死んでいた。どう見てもタオルごと嚙《か》み裂かれたとしか思えない状態だった。

咄嗟に思ったのは、これを航から隠さねばならない、ということだった。こんな様子は見せられない。

——また同じ過ちを繰り返すのか。

自分の中で声がした。

隠しようなどあるまい。航は学校から帰ってくれば、必ず仔猫の所在を訊くだろう。だからと言って、こんな惨い姿は見せられない。軽くパニックを起こした末に俊弘が選んだのは、松原に電話することだった。

「来てくれないか」という俊弘の言葉に、松原はすぐさまやってきて、茶の間の惨状を見て驚いたような声を上げた。

「どうした。泥棒か？」

いや、と俊弘は答えた。——そう、それを真っ先に疑うべきだったのだろう。だが、そうではないという確信があった。

「航にどう言うべきだと思う？」

俊弘の問いに、松原は、

「それはお前が決めることだろ？」

そう、穏やかに言って、

「言えない、というのもありだと思う。大人だって不甲斐ないことをするもんさ。ただ、航が不憫で言えないのか、それとも自分が辛くて言えないのか、そこは自覚しておかないとな」

俊弘は頷いた。

とにかく俊弘が仔猫を拭いてやっている間に、松原は茶の間と台所を片付けてくれた。合間に俊弘は、このところの事情を説明する。

「姿の見えない何か、なあ」

首をかしげながら言って、

「確かに人間の仕業じゃなさそうだが……」

松原は噛み裂かれた座布団を示した。

「野良猫じゃこんなことはできないよな。犬か何か迷い込んできたのか？」

「犬が？　どうやって？」

店舗のガラス戸は閉めてあった。鍵こそは掛けていなかったが、店を空けることになるのでカーテンを引いて閉め切っておいたのだ。ガラス戸を閉めてしまえば、犬などが出入りできる場所はない。唯一可能性があるのは小春の玄関だが、あの穴では犬は到底くぐれまい。――少なくとも、これだけ乱暴なことができるような大きさの犬は。

俊弘が、浄めてやった仔猫を箱の中に寝かせながらそう言うと、

「だよな……」

松原は考え込むように言う。

「入ってくるとしたら猫としか考えられない。どうやら裏の家が野良猫の住処になっているみたいだから……」

「猫婆の家か」

言って、松原は思い立ったように店舗に降りていった。すぐに建物脇の路地をやってくる足音がする。玄関を開けて俊弘が見ると、路地を真っ直ぐ裏の廃屋に向かって歩いて行くところだった。

俊弘はそのあとを追った。──深く考えず、仔猫の入った段ボール箱を抱えたまま。

裏の家との境は、申し訳程度の生垣だった。母親が季節ごとに刈り込んでいたから、たぶん俊弘の家の植木だと思うが、本当のところは分からない。その向こうには荒れ果てた狭い庭と、崩れかけた井戸に屋敷稲荷、さらにその向こうに軒の歪んだ廃屋が建っている。

しばらく生垣越しに裏を覗き込んでいた松原は、唐突に生垣を掻き分けて裏の庭に

入っていった。付いて行く踏ん切りがつかずに俊弘が見守っていると、庭のあちこちを覗き込み、そして建物に近づいた。

裏庭に面しては古い木のガラス戸がある。かつての勝手口だろう。ガラスはほとんど割れていた。その穴から中を覗き込んでいた松原は、建付の悪い戸を軋《きし》らせて開けた。中に首を突っ込み、左右を見廻し、一歩踏み込んで「うお」とも「うわ」ともつかない声を上げた。

「どうした？」

慌てたように出てきた松原は、顔を顰めて中を見ている。ただならぬものを感じて、俊弘は地面に箱を置いて生垣を掻き分けた。

荒れた庭を突っ切り、松原の隣に行って見つけたのは、家財も放置されたままの物置風の部屋と、そこに散乱する何か、だった。

入った場所は四畳半ほどの土間で、右手には開いたままの板戸から古い台所があるのが見えていた。正面の壁には焚き口が見える。すると壁に空いた小さな窓は、風呂のものだろうか。左には土間に竈《かまど》が残っていて、それらの間に棚や箱が残されていた。

そして物が散乱した土間には、異臭を放つ何かの残骸が点々と残っていた。羽毛の塊のようなもの、白い骨、骨に絡んだ黒ずんだ毛並み、汚れて破壊され散らばった生き物の残骸だった。

その間には、真新しいビニール袋がいくつか転がっている。俊弘には見覚えがあった。俊弘の家の台所にあった、食物の包装だ。それが嚙み裂かれて内容物の破片とともに転がっている。

――やつだ。

俊弘の家に侵入してきた何か、航の布団に入り込んできた、台所を荒らした、仔猫を殺した――何者かの痕跡だった。

呆然としていると、建物の脇のほうで物音がした。物を動かすような音、木戸か何かを開けるような音。反応できずにいるうちに、軽い足音がして、通路から人影が現れた。

「あれ？」

若者は声を上げた。驚いたように俊弘たちを見、それから二人の視線を追うようにして建物の中に目をやった。

「――野犬か何かですか？」

「に見えるかい？」

松原が訊くと、

「の、はずはないか。最近は住宅街で野犬って、ほぼ見ませんからね」

「だよな。――君はこの家の関係者？」

いいえ、と若者は答えた。

「私は材木を貰いに来たんです」

「材木？」

「この建物を壊すことになったんだそうで。なので壊す前に、使えそうな建具や材木を貰えるようお願いしたんです」

「使えるもの——あるかい？」

「木枠の建具は貴重ですよ。あとは、お稲荷さんのお社を壊してもいいということだったので」

「社を壊すのかい？　そんなこと、しても問題ないのか？」

「問題はないです。神主さんが来て魂抜《たまぬ》きしてますから」

ふうん、と松原は首をかしげた。

「壊してどうするんだ？」

「端材を使うんですよ。こういう端材はそれなりに使い道があるんです」

へえ、と声を上げてから、松原は、

「許可を貰ってきた——ということは、ここの持ち主を知ってるんだよな」

「お会いしたことはありませんけど」

「ここに何かいるって話は聞いてないか？　どうやらここから何かが、こいつの家に入り込んでいるみたいなんだが」

「何か――」

若者の問いに対して、見てもらったほうが早い、と松原は生垣を指した。自ら率先して抜けながら事情を話す。唐突な話に困惑するふうもなく、若者は律儀に松原のあとを追って俊弘の家へと足を運んだ。

彼は尾端《おばな》、と名乗った。営繕屋なのだという。営繕に使うために、古い建具や材木などを集めているのだとか。

尾端は松原のあとから家に入り、茶の間の状態を見るなり驚いたように眼を丸くした。

「多少は片付けたんだ、これでも」

「確かに――人が漁った感じではないですね。動物が漁った跡のように見えます」

松原の言に、

「だろう？」

けれど、と尾端は首をかしげた。

「少なくとも、野犬のような生き物が棲み着いたという話は聞いていません。昔は猫屋敷で有名だったようですけど」

「いまもだよ」と、俊弘は口を挟んだ。「野良猫の住処になってる」

「それはないはずです」と、尾端は言った。「近所から苦情があって、持ち主さんは何度も様子を見に来たのですが、猫などいなかったんだ、という話でした」

今度は俊弘が驚く番だった。

「いや、しかし鳴き声が――」

尾端は頷く。

「らしいです。でも、いないんですよ。一度は動物保護をやっている人たちも入ったようですが」

苦情を言った住人は、持ち主の「猫などいなかった」という言葉を信用しなかったらしい。逆に否定したことで猫への虐待を疑って動物保護をやっているNPOに連絡をした。彼らが間に立って、建物の中を捜索し、迷い猫が棲み着いているなら保護する、という話になったのだが、実際に捜索しても猫が居着いている様子はなかった。

「まったく生き物が棲み着いている痕跡はなかった――と聞いていますから、ああいった残骸も、そのときにはなかったんでしょうね」と、尾端は比べるように茶の間に散乱した断片を見た。

「何かが居着いたとしたら、捜索が行なわれたあとのことでしょう」

「それはいつごろ？」

「先月――一月以上前のことだと聞いていますが」

俊弘はぽかんとした。

「いや……でも、ずっと猫の声で煩かったんだ。もう何年も」

だから、と尾端は苦笑めいた笑みを浮かべた。

「取り壊してしまおう、ということになったみたいですよ」

意味が分からず首をかしげる俊弘に、

「以前あの家にお住まいの方は、ずいぶん沢山の猫を飼っていたとか」

「私が子供のころの話だけどね。近所の子供たちは猫婆なんて呼んでいた」

尾端は軽く笑った。

「孤独な女性だったようですが。猫だけでなく、犬や鳥まで飼っていたという話です。寄ってくる生き物は何もかも餌を与えて世話していたんですね」

「そういう感じだったかなあ」

「ところが突然、体調を崩して入院してしまった。本人もまさか入院になるとは思わずに病院に駆け込んで、そのまま帰ってくることができなくなったんですね。親しい親戚も友人もなく、世話されていた動物たちは結果として放置された恰好になりました。入院したまま亡くなって、遠縁の方が家を相続することになり、家に入ってみたら、たくさんの動物が死んでいたそうです」

俊弘は思わず松原と目を見交わした。

「しっかり戸締まりしてあったのが仇《あだ》になったんでしょう。庭で世話していた野良猫は問題なかったのですが、家の中で飼っていた猫や犬たちは全部、死んでいた」

それで、と尾端は微笑んだ。

「持ち主さんは、するはずのない猫の声は、そのときに死んだ猫たちの声なのじゃないか、と。――なので建物をお祓いして取り壊すことにしたんだそうです」

そうだったのか、と思った。確かに昔、猫婆がいなくなったあとに、裏の家でちょっとした騒ぎがあった。俊弘などは事情を知らされなかったが、母親が気鬱そうに「可哀想なことをしたものね」と言っていたのを覚えている。当時はなんとなく、それを猫婆自身のことだというふうに思っていたのだが。

「死んだ動物たちは、きっと飼い主を待っていたでしょうね。事情が分からないから、ずっとひたすら待っていた」

胸が痛んだ。……そして、ありもしない望みを抱えて待ったまま死んでいったのだ。死んでいった生き物たちは、自分たちが裏切られたように思わなかっただろうか。

「息子さんのそばに通ってくるのは、人恋しいからなのかもしれませんね」

「だが――裏の家の中のあの惨状を見たろう？　ここの有様だって」

しかも、それは仔猫を殺した。

「息子に危険はないのだろうか」

「これまで危害は加えられてないのですから、息子さんのことは別格なのでしょう。ひょっとしたら、息子さんが猫を待っていたことと無縁ではないのかもしれません」

言ってから、尾端は、

「ただし――いまのところは。いつどう変化するかは分からない。この先も危険がないとは言えないです」

「塞いでくれないか」

俊弘は言った。

「君はそれが仕事なんだろう？　小春の玄関を塞いでしまってくれ。ほかにも猫が入れそうなところは全部」

俊弘が言うと、

「それより、よろしければ私に、猫ドアを修繕させてくださいませんか」

「しかし」

俊弘の言葉を遮って、尾端は茶の間を見渡した。

「この様子を見ると、あちこちを塞いだだけで閉め出すことができるかどうか心許ないです。ずいぶん乱暴な振る舞いをするようですから」

確かに、と俊弘も茶の間を見渡す。引っ繰り返された置物や動かされた棚、引き裂かれた座布団などを見れば、それは、いつでも強硬手段によって家に侵入できるように見える。もともと古いお粗末な建物だ。

「閉め出せば、かえって怒らせるかもしれません。相手には事情が分からないので、最悪、息子さんに裏切られたように感じてしまう可能性もあります」

「しかし……」

「心配なら、夜は息子さんと一緒に休んであげたらどうでしょう」

考えた末に、俊弘は頷いた。

「じゃあ、君に一任する」

はい、と尾端は頷いた。


「小春、帰ってきた？」

学校から戻るなり、航はそう、真っ先に訊いた。茶の間を片付ける手を止めて、俊弘は「お帰り」と声をかける。

航は茶の間の様子を見て、きょとんとした。

「どうしたの、これ？」

「野良犬か何かが入ってきたようなんだ」と、俊弘は言って、玄関に置いた段ボール箱を示した。

「可哀想なことになってしまったよ」

えっ、と声を上げて、航は箱に駆け寄った。中を覗き込み、少しの間、呆然とする。

「……これ、そいつがやったの？」

「だろう」

俊弘が肩に手を置くと、航はぽろぽろと涙を落とし、そして声を上げて泣き始めた。

俊弘は息子を抱き寄せ、泣きたいだけ泣かせてやった。ずいぶんと経って、ようやく落ち着いた航は、愛おしそうに小さな亡骸を撫でた。

「本当に可哀想なことをした。……ちゃんとお墓を作ってあげよう」

俊弘が言うと、こっくり頷く。俊弘は箱を抱え、思い出したように涙を零《こぼ》す航を裏庭へと連れて行った。そうして大きく息を吸う。

「……ここに埋めよう」

そう、場所を示して、

「お父さんは、航に謝らなければならないことがある」

不思議そうに見返してくる幼い眼が辛かった。

「……小春は帰ってこない。この隣に埋まっているから」

呆然としたように見返してくる航に、順を追って説明する。小春は事故で死んだこと、可哀想な姿を見せるのが辛くて、咄嗟に隠してしまったこと。

「お父さんは、航がさっきみたいに泣くんじゃないかと思ったんだ。航が泣くところを見たくなかったんだよ」

「だから埋めちゃったの？　ぼくに内緒で？」

「うん」

「酷いよ。ぼく、小春にお別れ、言えなかった」

そうだな、と俊弘は呟いた。

「本当に悪かったと思ってる」

頭を下げたが、航は身を翻して家に駆け戻っていく。俊弘は慌ててあとを追った。路地を抜け、航が玄関に駆け込むのを見て、同じように玄関に向かう。茶の間に航が突っ伏して泣いていた。

かける言葉もなく、俊弘は航をただ見守る。泣きじゃくる後ろ姿が、本当に幼くて胸が痛んだ。航はひとしきり泣いて、そして顔を上げた。茶の間に坐り込んだまま台所を見る。食卓のほうを見たまま、

「……おばあちゃんも？」

そう小さな声で訊いた。息を呑んで答えられない俊弘に、

「おばあちゃんも、本当は死んじゃったの？　だからいつまで経っても帰ってこないの？」

「いいや」と俊弘は首を振った。「お祖母ちゃんは具合が良くない。ずっと意識がな

いんだ。お医者さんは懸命に治療してくれているし、きっとお祖母ちゃんだって頑張ってる。でも、いつになったら戻れるのかは分からないんだ」

航はやっと振り返った。

「……本当に？」

「うん。お祖母ちゃんは、いまは返事もできないけれど、それでもよかったら、お見舞いに行こう」

俊弘が言うと、航は頷く。そしてもう一度食卓を見た。俊弘はその視線を辿って、しばしば航が食卓のほうへ目を向け、何を見ていたのかを悟った。食卓の脇には木製の古い踏み台が一つ置いてある。母親が棚の上のものを降ろすのに使い、台所仕事の合間には腰を降ろしていた。椅子として使われることのほうが多かったかもしれない。その証拠に、母親手作りの座布団が載っている。

そこに坐って、もやしのヒゲを取り、エンドウ豆の莢《さや》を取っていた。——その踏み台を航は見ている。

「ぼく、おばあちゃんはぼくのことが嫌いになって帰ってこないんだと思ってた」

航は、ぽつりと呟く。

「お母さんみたいに出て行ったんだって」

——理解していたのか、と思った。

「おばあちゃんの馬鹿、って思ってた……」

呟いて、航はもう一度泣き出した。

泣きやんだ航と一緒に、陽の落ちた裏庭に仔猫を埋葬してやった。小春のぶんと二つ、墓標を作って花を手向けた。航は長く手を合わせ、そして、

「でも、——だったら、夜に戻ってきてたのは誰だったのかな」

「野良猫が迷い込んできていたのかもな」

ふうん、と航は呟く。

「だったら、うちの猫になればいいのにね」

「どうだろう。自由に暮らしてる猫だからなあ」

「……うん」

頷いて家に戻った航は、丁寧に玄関の餌皿の餌を替え、水を替えた。心待ちにするように階段に坐り込み、そのままそこで寝入ってしまった。

その夜、航の隣に布団を敷いて緊張して待った俊弘だったが、航の許に忍び込んでくるものはいなかった。ただ、深夜一度、何かの溜息のような音が聞こえ、同時に腥い息が流れてきたように思った。センサーライトはもちろん点かず、そのあるかなしかの物音だけで、何かが部屋に入ってきた様子はなかった。

翌日、昼過ぎには尾端がやってきた。尾端は丁寧に小春の玄関を一廻り大きく刳《く》り貫き直し、そこに新しい木で枠を作り、ドアを付けた。玄関戸の下に開けられた穴は敷居のぶん土間よりも高い。その敷居の高さぶん、すのこを置いてもいいかと訊くので、任せた。どうせ使っていない玄関だから。

古い材木を削って組み合わせ、すのこを敷き込んでいるところに航が帰ってきた。物珍しそうに尾端の手許を覗き込む。

「……小春の玄関、塞いじゃったの？」

「いいえ」と、尾端は木の蓋を指で押してみせた。「――ほらね」

木のドアは軽々と持ち上がり、指を離すとパタンと閉じる。

「薄い板を使ったから、どんな猫でも大丈夫ですよ」

「そっか。良かった」

「いままでのは隙間風が入りますからね」

「古い板だね」

航が問うと、

「神社から貰ってきた木なんです」と、尾端は答えた。「新品じゃないけど、とても有難い木なんですよ」

「有難いの？」

た。


「いろんなものを浄めてくれるんです」

ふうん、と呟いた航は、寂しそうに膝を抱えた。

「……でも、もうここを使う猫はいないんだ。死んじゃったから」

それは残念でしたね、と尾端は労《いたわ》るように言う。うん、と航は膝を抱えたまま答えた。

その夜、昨夜と同じく航の横で休んだ深夜、俊弘はパタンという小さな音を聞いたように思った。寝入りばな、微かな音を聞き漏らすことなく捉えたのは、身構えていたせいだろうか。

緊張して身を硬くしていると、何者かが階段を昇ってくる足音がした。――それは猫ではあり得ない、重い足音だった。

部屋の襖は閉めてある。階段を昇ってきた何者かは、がりがりと音を立てて襖を開いた。真っ暗な部屋の中、すっと風が通った。思わず航のほうに手を伸ばす。微かな唸り声のような物音がした。

俊弘が手を止め、様子を窺っていると、腥い息を吐く何者かは俊弘の頭を嗅ぎ、そして離れる。軽い音を立てて隣の布団の上に身を伏せたようだった。

俊弘は身動きせずに何者かの気配を窺い続けたが、それはじっと布団の上に蹲《うずくま》ったまま、やがて俊弘のほうが眠りに落ちてしまった。

——そんな夜が何夜続いただろうか。

その夜も、パタンと小さな音を立てて、それはやってきた。とたとたと軽い足音を立てて階段を昇ってくる。日に日に、その足音は軽くなる。足取りも軽やかになっている気がする。いまでは、聞き慣れた小春の足音のようだった。

それは、かりこりと襖を開け、真っ直ぐに航の布団に向かうと、布団の上に蹲った。居場所を探して布団を踏む音、見つけた場所にしなやかな身体をくるりと丸くして横たわる音——そんな柔らかな音がふわりと聞こえてきた。やがて、ごろごろと喉を鳴らす穏やかな音が小さく響く。ふふ、と航が擽《くすぐ》ったそうに笑った。眠ったまま笑ったようだった。

そして、しばらく航のそばで喉を鳴らしていた何者かは、ふいに立ち上がって部屋を出ていった。軽い足音を立て、階段を降りていく。やがて階下から、パタンと小さく扉の閉まる音が聞こえた。

この夜、裏の家は物音一つなく静まり返っていた。

その翌日の朝、俊弘は電話で起こされた。慌てて階段を降り、受話器を取ると、母親が入院している病院からだった。

「おばあちゃん？　どうかしたの？」

電話が切れてからも受話器を握ったまま動けないでいる俊弘の上着を、航は引っ張った。不安そうな顔をしていた。

「今日は学校は休みだ。これからお見舞いに行こう」

「……おばあちゃんの？」

ああ、と俊弘は頷いて眼を瞬《しばた》いた。

「お祖母ちゃんが目を覚ましたって」

意識が戻った、と医者は言った。声は出にくいようだが、しっかり受け答えもした、と。

やった、と航は小声で呟いて、

「おばあちゃん、小春のことを聞いたら泣いちゃうかな」

「かもなあ」と、俊弘は答えた。「でもきっと、退院したらまたどこかから猫を貰ってくるんだろう」

そうだね、と航は少しだけ大人びた顔で笑った。

魂やどりて

暗がりに人影があった。

それは床に坐り込み、育《いく》に背を向けている。俯《うつむ》き加減に坐ったまま、ぼそぼそと口の中で何かを呟《つぶや》いていた。なんと言っているのかは聞き取れない。声の調子から何かを嘆き、責めているようだと感じられた。

——これは、いつもの夢だ。

育は夢の中でそう納得する。このところ続いている夢。部屋のどこかに人影があって、ぼそぼそと呟き続ける。たったそれだけのことなのに、とても不穏で気味が悪い。不快なのに耳を塞《ふさ》ぐ方法がない。目覚める方法も分からない。まるで何かの映像が再生され続けているかのように、それを見続けているしか術《すべ》がない——。

目が覚めると、身体が重かった。

――また、あの夢。

育は大きく息を吐いて、のろのろと起き上がる。なんとかベッドを降りたものの、着替える気力すら湧かなかった。

夢自体は何でもない夢だ。夢の中では気味悪く感じているが、目が覚めてしまえば、なぜ気味悪いのか自分でも分からない。ただ、この夢を見た翌日は、ひどく疲れている。億劫《おっくう》で何をする気も起こらない。

ぐったりとベッドに腰を降ろしていると目覚ましが鳴った。それを止めて育は溜息をつく。今日は休日で、やりたいことがいくつもあった。だから早めに目覚ましをかけたのに。

育が住んでいるのは古い長屋だった。城下町の一郭の古色蒼然《こしょくそうぜん》とした住宅街の奥。石畳の細い道に面した、小さな平屋が三軒連なった棟割り長屋の真ん中だ。築年数がどれほどになるのか、大家も不動産屋も正確には把握していないようだ。チラシに書かれていたのは「五十年以上」という、大雑把きわまりないものだった。部屋は通り土間に面して三間だけ。どこもかしこも古く、使い勝手も悪い。それでもここを住まいに決めたのは、大家が「綺麗にするなら好きに弄《いじ》っていい」と言ったからだった。

古い民家を自分でリフォームして住むことに、育はずっと憧れを持っていた。とはいえ、非力な女一人、仕事だってあるから自由な時間は限られている。それでも暇を見つけてはあれこれ手を加えてきた。今日は土間にある物入れにペンキを塗るつもりだった。玄関から奥の台所までを貫く通り土間の中程には物入れがある。ちょうど中の間に面する部分だ。押入のような体裁で、襖《ふすま》ではなく板戸で仕切られていた。容量があるから便利だが、そこだけ土間の幅が半分に狭められている。もともと採光の悪い長屋だ。狭まっているせいか、そのあたりだけ暗い。陰気で堪《たま》らないので明るい色で塗ってみようと思いついた。ペンキは昨日、仕事の帰りに買ってきてある。刷《は》毛《け》やローラーは揃《そろ》っている。ゆうべのうちにマスキングも終わっていた。あとは塗るだけ。

——板戸と壁を塗って。

そういえば、昨日衝動買いした箪笥《たんす》も、今日届くのだったか。

作業のことを考えると、少しずつ気力が戻ってきた。育は「よいせ」と短く声に出して動き出した。

玄関土間に面する板壁を塗り終え、板戸に取りかかったとき、表に車が停まる音がして「どうぐ屋です」と声が聞こえた。

育はペンキを塗っていた手を止めた。磨《す》りガラスの入った格子戸を開けると、馴染みの主人が立っている。背後には軽トラックが停まっていた。

近所にある、行きつけの古道具屋だった。商品の趣味が良いし、店主の山崎《やまざき》は同世代で気安いし、何より荷物を持って帰るのに便利で、育は気に入っていた。徒歩でほんの五分ほど。もちろん、商品が大きければ配達してくれる。――今日のように。

「ちょっと待ってね」

育は言って、手にした刷毛をペンキ缶の中に突っ込みに戻った。軍手を外して戻ると、山崎が眼を丸くして土間の様子を見渡している。

「あの……これ」

山崎は足許を驚いたように見ていた。敷居を越えた玄関土間には、ちょうど足拭きマット大の広さだけセメントを流して、とりどりの箸置きを並べて埋めてある。

「ああ、面白いでしょ？　そのへんだけ窪《くぼ》んでたのよ。長い間、人が出入りするのに踏んでたせいかなあ」

セメントで埋めただけでは殺風景で面白くない。ちょうど貰《もら》い物の箸置きで使わないものがあったので埋めてみたら、モザイクタイルのようで面白かった。以来、タイル代わりになりそうな箸置きを見つけるたび買ってきては埋めている。将来的には玄関土間全部に敷き詰める予定だ。

「……踏んだら割れませんか？」

「いまのところ割れてないけど。――このへんのは、お宅で買ったやつよ。形がバラバラだから、うまく並べるのが難しくて」

そうですか、と困惑したように言った山崎は、車を振り返った。

「箪笥はどこに入れましょう」

「あ、ちょっと待って」

育は表に出た。軽トラックの荷台には、育が昨日買った古い箪笥が載っている。抽《ひき》斗《だし》が三段の背の低い箪笥だ。愛想のないデザインで、細かな疵《きず》だらけだが造りは良い。

「この抽斗、抜いてくれる？」

言って、一段を抜いてもらうと育は自ら玄関の中に持って入る。表の間に上がる段差の中央に来るよう、土間に伏せて据えた。

「やっぱり。サイズぴったり」

土間から部屋に上がるのにはかなりの段差がある。三十代半ばの育でも、昇り降りが億劫だった。踏み台があればいいのに、と思っていたのだ。

「あの……これ」

残る二段の抽斗を抱え、玄関で山崎が目を白黒させている。

「どこかそのへんに置いといて。あと、申し訳ないんだけど、残りは処分してもらえる？」

　え、と山崎は眼を丸くした。

「ごめんね、欲しかったのは抽斗だけなの」

　言って、育は説明する。

「最近の箪笥の抽斗って底板が薄いでしょ？　横の板に薄い板を挟み込んであるだけじゃない？　その点、これはちゃんとした板だから。横や前の板と同じだけの厚みがあるし、きちんと組み合わせてあるから、踏んでも大丈夫よね」

「そんな——」

「だから、枠のほうは持って帰ってほしいの」

「困ります」

　山崎は強い口調で言った。

「持って帰っても、抽斗がなかったら売り物になりません」

　育は軽く噴き出した。

「いやあね。売る気なの？　私が買ったものよ？」

「いや、そうですけど」

「枠のほうはいらないの。処分して」

「ですが」

「……どうかしたんですか？」

おずおずとした声に目を向けると、山崎の背後から隣に住む真穂《まほ》が覗《のぞ》き込んでいた。真穂は育よりも六歳ほど下で、長屋の隣に住んでいる。育と同じく古い民家をリフォームして住むのが夢だったらしい。越してきたのは四カ月前、育よりも二カ月ほどあとに入ってきたのだが、あれこれ小まめに家を弄っている。

「ちょっとね。――真穂こそどうしたの」

「育さん、頑張ってるみたいだから、差し入れをと思って……」

言って、真穂は紙包みを示し、そして驚いたように土間に伏せられた抽斗を見た。

真穂のきょとんとした様子を笑いながら、

「沓脱石《くつぬぎいし》の代わりにしようと思って。サイズも高さも丁度いいでしょ？」

「でも、これ……簞笥の抽斗ですよね」

「そうなの。どうぐ屋さんで見て、これなら行けるって閃《ひらめ》いたのよね」

「どうぐ屋さん……」と、真穂は渋い顔をしている山崎に目をやって、「ということは、簞笥としてまだ使えるんじゃ……」

「使えるけど。でも、欲しかったのは抽斗だから。だから枠は引き取ってって言ってるんだけど」

「できません」と、山崎は硬い口調で言った。玄関先に佇んだ様子が何やら険悪だった。

　真穂がとりなすように、

「どうぐ屋さんは家具の引き取りはしてないですよね」

「でも持って帰って捨ててくれればいいじゃない？」

「これだけの大きさのものだと廃棄するにもお金がかかるんじゃないかしら」

　そっか、と育は呟いた。

「廃棄料なら払うから、お願い」

「できません。困ります」

「困るって言われても、私も困るんだけど」

　言い合う山崎と育の間に割って入るようにして真穂が、

「せっかくなんだから箪笥として使ってあげたらどうです？」

「箪笥なんて置くところ、ないわよ！」

　育は声を上げた。表の間は四畳半、押入のある中の間は二畳、いちばん広い奥の間も六畳しかない。必要な家具はすでにあるし、新たに箪笥を入れる余裕などない。

「とにかく」と、山崎は低く言った。「うちは引き取れないんで。それでは困るというなら、お代はお返しして持ち帰ります」

「そんなこと言ってないでしょ。買ったものなんだから」

不毛な押し問答になった。すぐに、隣から老女が顔を出した。真穂とは反対側の隣家に住んでいる光子《みつこ》だった。

「なあに？」

老女——と言うしかないだろう。たぶん年齢は六十を過ぎている。ただし、まだまだ老人と呼ぶのは憚《はばか》られるほど元気で、居住まいもしゃんとしているし気性もアクティブだ。短いボブに切り揃えた髪こそ白髪が交じって灰色だったが、バスで会っても席を譲るのに躊躇《ちゅうちょ》するだろう。

育は顔を顰《しか》めた。事情を知った光子が何と言うかは分かりきっている。「頓狂な」と言うのだ。土間に箸置きを埋めているときもそうだった。玄関を開けて作業していたら前を通り掛かった光子が、露骨に顔を顰めた。頓狂なことをする、非常識だとさんざん言われた。布を壁に貼ったときも、着物を切ってマットを作っていたときも、光子は露骨に呆《あき》れた顔をして皮肉を言った。——そもそも光子は、育や真穂が古い長屋をあえて選んで、リフォームするというのが理解できないようだ。古屋が気に入らないなら、最初から綺麗な部屋に住めばいい。わざわざ古屋を選んで住んで、汚いから綺麗にする、というのが理解できないらしい。

自分の手と工夫で居心地よくすることの値打ちが分からないのだろうか。——そういう光子は和裁をやっている。いわば職人だ。なのに手仕事の値打ちを感じていないらしい。

光子に口を挟まれたくなかった。何でもないです、と叩き付けるように言ったとき、真穂がきっぱりとした声を上げた。

「これ、私が貰ってもいいですか？」

見れば、トラックの荷台に残った箪笥を見つめている。

「真穂が無理して引き受ける必要なんかないでしょ」

育が言うと、

「無理するつもりはないです。抽斗ごとにちゃんと板が張ってあるし、棚として使えるな、って思っただけで」

「棚としては使いにくいと思いますよ」と、山崎が不機嫌そのものの声で言った。

「奥行きがありますからね。——何せ、箪笥ですから」

「逆に、だからいいかな、って」と、真穂は微笑む。「箪笥なんだから、衣類を畳んで収めるのに、丁度良い奥行きでしょう？」

「ああ……まあ、それは」

「高さも手頃だし、クローゼットの衣類を吊した下に、いい感じに収まると思うんです。畳んだ衣類を仕舞うのは、抽斗より棚のほうが取り出しやすくて便利かなって思うし」

「中の棚板、白木のままですよ」

「塗装します。これ、材は何でしょう」

「桐ですね」

「じゃあ、オイル塗装なら大丈夫かしら。縁の色と揃えて塗れば、綺麗な棚になると思うんです」

にこやかに笑う真穂に、山崎は気圧《けお》されたように表情を緩めた。

「まあ……そう仰《おっしゃ》るなら」と、口の中で呟くように言って、「とにかく、納品に来たんだから、指示された場所に運ぶだけなんで。言ってくれればそこに置いていきます」

山崎は抽斗を失った箪笥を抱えると、真穂の家に運んだ。育の家の向かって右隣、三軒長屋の奥の家だ。

「奥の部屋なんですけど、いいですか？」

真穂は山崎を案内する。はい、と答えた山崎は玄関の中を見て、驚いたような顔をしている。真穂の家は小綺麗だ。土間には明るく土っぽい質感のタイルを敷き詰めてある。育の家の台所は奥の土間にあるが、真穂の家では中の間にある。物入れがあった場所に床を張って移動させたのだ。おかげで表の間と中の間をリビングダイニングに、静かな奥の間を寝室にできている。奥の台所があった土間にも床が張られ、クローゼットとシャワーブースを設けてあった。

いかにも古民家を改修した素敵なおうち、って感じよね、と育は真穂の家に来るたび思う。育の家には前住者が庭に設《しつら》えた古くて狭いユニットバスがある。対して、真穂の家には風呂がなかったのだが、シャワーブースを設えて不便を解消している。ユニットバスのような余計なものがないから、奥の間の縁側からは申し訳程度の庭が見える。草茫々だったのを真穂が整えて、坪庭ふうのすっきりとした庭になっていた。

ただし、それが可能だったのは、真穂が越してくる前に業者を使って改修したからだ。通り土間に床を張れるようにし、配管工事をしてもらうと同時に、玄関のすり減った土間にはコンクリートを流してもらった。ずいぶん詰まらないことをするものだ、と育は思った。綺麗だけど、当たり前すぎて面白くない。

真穂が家の下見に来たとき、育は同好の士が来たと喜んだのだ。「ここに決めました。よろしく」と、言われて本当に嬉しかった。育はそれまでにもさんざん、隣の光子に「頓狂な」と言われてきたから、同志が増えると思うと心強かった。なのになかなか越してこないし、やっと来たと思ったらトラックは工務店の車だったのだ。

「リフォーム？　業者に頼むの？」

「ええ」と、真穂は背後で長屋を見ている作業服の老人のほうを見やった。

「せっかくのチャンスなのに、自分でやったらどう？　手伝ってあげるわよ」

いえ、と真穂は困ったように微笑《わら》った。

「配管とか電気工事とかもあるので」

そう、と育は呟いた。

——なんだ、詰まらない。

古い家を自分流に弄るから面白いのであって、業者に頼んで綺麗に整えるなら、光子が言うように「最初から綺麗な建物に住めばいい」のだ。

その日も光子が表の物音を聞きつけて出てきた。光子は家で仕事をしているから、監視の目を逃れることはまずできない。

「あら、工事？」

「しばらく煩《うるさ》くします。済みません」

真穂はぺこりと頭を下げた。ふうん、と光子は皮肉げに、

「あなたも自分でやりたいクチかと思ったわ」

真穂は恥じ入るように、

「水廻りと電気廻りを直したいので……配管なんかは、ちょっと自分ではできないですから」

「あら。それはいいことね。水が不味《まず》いでしょ、ここ。水道管が古いせいだと思うのよね」

「私も気になりました、それ。おまけに台所の排水が悪くて……」

「うちもよ。臭って敵《かな》わないわ」

そんな二人の会話を聞きつけたのか、工務店の老人が、

「設備はどうしても古びますからね。古びれば不具合も出ますが、ちゃんと更新してやれば大丈夫ですよ」

——そりゃあ、あなたはそれでお金を稼ぐんだものね。

育は心の中で呟いた。

水の臭いは育も気になっていたが、飲み水はミネラルウォーターを使えばいいことだ。そのほうが水道水より絶対に美味《おい》しいわけだし。排水の詰まりは自分で直した。熱湯と酢、重曹で充分直った。

借家なのにそこまでするなんて、よほどお金にゆとりがあるのね、と思ったことを覚えている。

プロの手を借りたおかげで家は小綺麗になった。それでも土間の殺風景なコンクリートにタイルを貼ったのは真穂だし、奥の間にフローリングを張ってクローゼットを作ったのも真穂だ。面白味はないが、真穂が手間をかけているのは確かだった。今は休みごとに一面ずつ、壁に漆喰《しっくい》を塗っている。

「——ここに入れちゃっていいですか？」

山崎の声に、ぼうっと真穂の家を見廻していた育は我に返った。

「お願いします。いろいろ順番に片付けているところなんで、塗装するのは少し先になると思いますから」

「自分でやってるんですか。すごいな」

「巧くはないですけど、好きなんです」

「この漆喰も？ 漆喰って難しいんじゃないんですか」

「そうでもないですよ。素人にも扱いやすい漆喰があるんです。水廻りを直してもらった工務店の方に相談したら、誰でも簡単に塗れるのがあるよ、って教えてくださって」

「へえ、そうなんですか」

感心したように言う山崎が面白くなくて、育は踵《きびす》を返した。さっきまであんなに険悪な様子だったのに。

——ああいうのって、分かりやすいのよね。

家の玄関まで戻ると、開け放したままの格子戸から光子が腕を組んで家の中を見ていた。

「相変わらず頓狂なことをしてるわね」

さも呆れたように言われた。無視して家に入って戸を閉める。

真穂に対しては、光子もさほど嫌味を言わない。無駄なことをするものだ、という態度ではあるが、育のように非常識だと非難されることはなかった。誰にとっても小綺麗に見えるからだろう。

それに対して育の家は。

——たしかに、小綺麗という感じじゃないけど。

玄関から薄暗い家を見廻した。木箱を積み上げて作った靴箱、枯れ木を組み合わせたコート掛け。剥げかけた土壁にはとりどりの端布《はぎれ》を貼ってある。

育はすぐに結果が欲しいほうで、だからあんなふうに気長に作業はできない。表の出格子や玄関の格子戸を、真穂は全部紙やすりで磨いて柿渋で塗装した。それだけで二週間も三週間もかけていたと思う。おかげで見違えるほど綺麗になった——などということはない。古くて荒《すさ》んだ印象だったのが、きちんとして見えるようになったという程度だ。手間と結果が釣り合っていない気がしてならないが、古い家をリフォームして住みたい、という熱意は本物だったんだ、と思って見直している。残念ながら、方向性は育とは違うようだけれど。

——手間暇かければ、きちんとするのは当たり前だ。工夫と発想の転換で、最低限の資金と労力で面白くしてこそじゃない？

育は土間に置いた抽斗の位置を直した。試しに部屋に昇ってみる。たったこれだけのことで昇りやすくなった。心持ち低いが問題ない。

「塗装ぐらいしてあげないとね」

踏み心地を確かめながら独りごちたとき、ふいに耳許で誰かの声がした。はっと周囲を見廻したが、当然のことながら誰の姿もない。女の声のようだったが、真穂の声がここまで響いてきたのだろうか。——そう思い、そしてそれが夢で聞き慣れた呟き声に似ていたことに気づいた。

真穂はその日一日、壁に漆喰を塗っていた。一方、育は物入れを明るい赤で塗った。途中で手を止めたせいで斑《まだら》になったが、かえって味が出て良かったと思う。煤《すす》けた色の建物の中で、そこだけ鮮やかで可愛い。

「問題はここよね……」と、育は湯船に身体を沈めながら殺風景なユニットバスを見廻した。前の住人の置き土産。古くてやたら黴《かび》くさく、入っていても気が滅入る。

ユニットバスって窓は開けられないのかな、などと思う。壁は塗装できるだろうか。床にタイルを貼るというのはどうだろう。

あれこれ考えながら風呂から上がり、ユニットバスを出て縁側で身体を拭く。縁側が脱衣所代わりだ。縁側は庭に面する掃き出し窓になっているのだが、その大半をユニットバスが塞いでいた。おかげで採光は悪いし、庭に出入りするのも不便だ。ただし、ユニットバスの陰になるから、脱衣所として使うのには問題がない。

　剝き出しのまま据えられただけのユニットバスは、いかにも殺風景で見苦しいが、見える部分は簾《すだれ》で覆ってある。縁側にはウォーターヒヤシンスのラグを敷き詰め、足拭きとして藍染めの古い野良着を切ってマットに仕立てたのを敷いてあった。脱衣籠はバリのサラスワティの像だ。膝の高さほどの木彫りの像だが、円柱状の形状が上に丸い籠を載せるのに丁度良かった。見た目もエスニックで雰囲気がある。古い民家とアジアン調度は折り合いがいい。

　髪を拭きながら紅茶を淹《い》れ、表の間にあるベッドサイドに運んだ。ナイトテーブルはそのへんで買ってきた小抽斗に自分でキャスターをつけたものだ。面白味のない白木の家具を若草色のペンキで塗装した。――ここに引っ越して来る前の話で、思えばこれが育の改装熱に火を点けたのだった。

　そんなことを思いながらドライヤーを使った。指を髪に通しながら風を当てていると、誰かが呼ぶような声がした。

「――はい？」

　返事をしてドライヤーを止めた。玄関のほうを見たが、それきり声はしない。念のため、玄関土間に面する障子を開けて覗いてみたが、ガラスの入った格子戸には向かいの家の常夜灯がぼんやり明るんで見えるだけ、人影はなかった。気のせいか、と首をかしげた瞬間、強い語調の声が聞こえた。

育は慌てて周囲を見渡した。窓の外だろうか、と思ってカーテンを少し開け、窓を開けてもみたが、出格子の向こうに見える夜道には人影がない。

——女の声だった。

間違いなく女の声で、しかも何かを責めるような強い語調だった。なんと言ったのかは分からなかったが、声がしたのは確かだ。

改めて耳を澄まし、それから光子との家を隔てる壁に耳を寄せてみた。壁の向こうから険悪な調子で何かを言う女の声が聞こえた。

光子が誰かと喋《しゃべ》っているのだろうか。だが、光子は独り暮らしだ。電話だろうか？

さらに壁に顔を寄せて耳を澄ませてみても、何を言っているのかは聞き取れない。けれども確かに壁伝い、女の声が聞こえた。

——まるで誰かにお説教でもしているみたい。

そう思って聞くと、光子のあの嫌味満載の口調まで蘇《よみがえ》ってくるような気がした。

人の暮らしぶりには難癖をつけるくせに。こんな時間に、隣にまで響くような声で喋っているなんて。時計を見ればもう零時を過ぎている。

「自分のほうが非常識なんじゃない？」

苛立《いらだ》たしく思いながらベッドに入ったが、その晩、小さな声が途切れることはなかった。

暗がりに人影が坐り込んでいる。背を向けた人影は、何かを呟いていた。口の中で呟くような調子だが、声のトーンは強い。何かを責めている、と感じた。

――またあの夢だ。

夢の中で、育はそう納得している。これまでより声の調子が強いことを除いては、いつもの夢だ。険のある口調のせいか、大声ではないのに耳に刺さる。

――煩《うるさ》い。

思ったとき、ドンと人影が何かを叩いた。ゆらりと影の上体が揺れる。その人物は早口に何かを呟きながら、床を叩いているようだった。物音も耳障りなら、きつい口調も耳障りだ。

――煩いのよ、いい加減にして。

目覚ましの音で、育は目を覚ました。重い身体で寝返りを打って、目覚ましを止める。なんとか身体を起こして、育は息を呑んだ。家の暗がりに人影が立っている――。

ぎょっとして身を硬くしたが、改めて見ると、昨日塗った物入れの板戸だった。斑《まだら》になった影が、人の形のように見えたのだ。

「……やあね」

狼狽《うろた》えた自分を笑ったが、改めて見ても、その塗りムラは人の形をしているように見えた。人の後ろ姿みたいだ。肩の線、丸めた背中、俯いた後ろ頭——。

起き上がって近くに寄ると、単にムラがあるとしか思えないのだが、距離があると人影のように見える。

「……塗り直しかぁ」

このままにするのは気分が悪い。だが、起き抜けで気も身体も重い今は、考えただけで億劫だった。

——少しも寝た気がしない。

夢のせいだ。いや、そもそも寝る前、光子が煩かったせいだ。

——ひょっとしたら。

このところ夢を見ていたのは、光子の声のせいだったのではないだろうか。声に気づいたのはゆうべだが、それ以前から光子はずっと声を上げていたのでは。それを寝ている間に耳が拾って、あんな夢になったのではないだろうか。

——でも、夜中に？

電話だとしか思えないが、時間や長さを考えるとそれも現実的ではない気がした。それともまさか。

「……独り言？」


「ひょっとしたら光子さん、惚《ぼ》け始めてるんじゃないかな」

育は真穂に言った。

その夜、真穂の家を訪ねた。真穂は紅茶をカップに注ぎながら、

「そんな」と、笑いながら答えた。「まだまだしっかりしたものですよ。私よりしっかりしているぐらい」

――まあ、確かにありそうもないか。

「だったら何なのかしら。光子さん、このところ夜中誰かと喋ってるのよ」

真穂は怪訝《けげん》そうに育を見た。

「光子さんが……？」

「そう。喋るというより、ずーっと説教してる感じ？」

「間違いなく光子さんの声ですか？」

真穂の表情が硬くて、なんだか責められているような気がした。

「間違いないわよ。壁のほうから聞こえるんだもの、光子さんでしょ？」

言うと、真穂は困ったように微笑った。

「そうですね……でも、テレビの音か何かじゃないですか？　寝るときに点けっぱなしにしてるのかもしれないですね」

「そうかしら……」

テレビだとしても気に障る。連夜のことなので苦情を言いたいところだが、そうすればまた煩く言い返されるのだろう。棟割り長屋だから隣との壁は共有だ。どうしたって音は筒抜けになる。せめて光子の家が土間側——真穂の家のほうにあれば、土間に面した建具を閉めることで音を軽減できるだろう。だが、残念なことに光子の家は部屋側だった。

その夜も、やはり光子の声はしていた。真穂はああ言ったが、テレビではないだろう。なにしろ光子の——光子だと思われる女の声しかしない。壁を伝ってベッドに響くのか、寝床に横になると耳について離れなかった。そのせいか、育はその夜も夢を見た。夢の中で坐り込んだ女は、床を叩いて誰かをひたすら責めていた。

苦情を言おうか——育が迷っているうちに次第に陽は短くなり、それと歩を合わせて朝晩が冷え込むようになった。古い家は何より、寒さが堪《こた》える。

寒いと炬燵《こたつ》を出るのが億劫になりがちだった。あちこち改装をやりかけたままだが、一日延ばしにしてしまう。土間の物入れも塗り直そうと思ったきり、そのままになっている。人影のようなムラには慣れたが、時折、ぎょっとすることがある。やらなきゃとは思うのだが、どうも身体が動かない。

——なんだか詰まらない。

越した最初は、あれこれ弄るのが楽しくて堪らなかったし、実際にやらないといけないことも多かったのだが、越して半年以上が過ぎると、必要に迫られることはさほど残っていない。いや、ありはするのだが、どれももう育の手には余るのだ。予算や時間の許す範囲で、やれることはやり尽くしてしまった。それでも何か思いついては作業を始めるのだが、寒くてそれが続かない。続いていない自分が不快だった。

不快なことはほかにもある。相変わらず熱心に家を弄っている真穂は、忙しくしているようだ。お茶や食事に誘っても、あれをやってしまいたいから、と断られる。光子のことで訪ねて以来、なんだか距離ができたような気がしていた。顔を合わせても何か言いたいことがあるのを怺《こら》えているふうで会話が弾まない。それどころか、育が光子と険悪なのを知っていながら、光子と会話しているのをしばしば見掛けた。

光子の家のほうからは、相変わらず声が続いている。苦情を言うほどの音量でもないから、怺えているしかないのが腹立たしかった。

——今も声がしている。

煩いというほどではないが気に障る。さっきから耳鳴りもしていた。キーンという微かな音が、人の囁《ささや》き声のようにも聞こえる。

――頭が痛い。

育は卓袱台《ちゃぶだい》の上に突いた手で額を押さえた。そして、額が熱いのに気づく。

「やだ、熱がある？」

独りごちて、慌てて体温計を探す。測ってみると、熱が出ていた。

憂鬱なのも耳鳴りがするのも、いろんなものが気に障るのも体調のせいか。どうやら風邪を引いたようだ。

こういう日は、さっさと寝るに限る。育は夕飯もそこそこに床に就いたが、隣の声が気になってなかなか寝付けなかった。

やっと眠っても妙な夢を見る。眠った気がしないまま目覚ましに起こされ、起き上がろうとしたら目眩《めまい》がした。体温を測ると、三十八度を超えていた。ふらつきながら会社に連絡を入れ、休む旨を伝えて風邪薬を探したが、見つかったのは最後の一包だった。買いに行きたいが、とても出掛けられない。とにかく布団に潜り込んでいるしかない。

発熱時に特有の揺れるような眠りに落ちた。そこから覚めたのは、何かを怒鳴る女の声がはっきりと聞こえたからだ。

眼を開けると、家の中は暗く、ひときわ濃い暗がりの中に女が立って壁を叩いていた。――いや、物入れの板戸だ。何度も板戸を叩きながら、何かを怒鳴り散らしている。

……いつもの夢？

板戸に浮かんだ影が、こんな夢を見せているのだろうか。影のような女が、聞き取れない口調でひたすら何かを責め立てている。時折、板戸に向かって拳を振り上げ、ドンと重い音を立てる。そのたびに頭痛に響いた。

――光子さんに苦情を言わなきゃ。

そう思ったが、起きる気はしなかった。煩い、煩い、と頭の中で毒づいているうちに眠りに落ち、また目覚めることを繰り返した。怒鳴る声と物音、拳を振り上げる人影。どこからどこまでが夢で、どこからどこまでが現実なのか――思って気づけば、もうあたりは暗かった。

一日寝ていたのに、少しも眠った気がしない。枕許に置いたペットボトルの水を口に含んで、改めて布団に入る。寝直そうと思ったが、また隣から癇性《かんしょう》の声が聞こえた。煩いというほどではないが、耳に付く。微妙な音量が腹立たしい。それをなんとか無視して少しだけ眠り、また声に起こされた。それを三度繰り返して、育は起き上がった。寝間着の上からコートを羽織り、ショールを巻く。もう我慢ができなかった。

よろめきながら隣に向かった。格子戸を叩いて開ける。――光子には起きている間、鍵を掛ける習慣がない。

「いい加減にして！　私、風邪で寝てるんです。これじゃぜんぜん休めない」

育が言うと、表の間の障子が開いた。膝を突いて身を乗り出した光子が、

「何なの、突然」

「怒鳴り声です。一日中！　耳に障って寝られないんです」

光子は呆れたような表情をしてから炬燵に戻り、広げていた雑誌を取り上げた。

「誰かを怒鳴ったりしてないわよ。御覧の通り、一人だから」

「今は、でしょ。ついさっきまで声がしてました。朝から一日中怒鳴り散らして。少しは遠慮してくれます？」

光子は眼鏡を外して育のほうに向き直った。

「まず、あたしは平日の昼間、あんたがいるなんて知らなかったし、ましてや風邪で寝込んでるなんてことも知らない。それで遠慮を求められても困るわね」

「やっぱり――」

育がいないものと思って声を立てていたんだ、と言いかけたが、光子は手でそれを制した。

「次に、繰り返しになるけど、あたしは誰かを怒鳴ったりしてない。ましてや一日中怒鳴り散らすなんて、そんな体力はとてもないわね――歳だから」

「適当な言い訳はしないで！」

育が声を荒らげると、光子は顔を強張らせた。

「事実を言ってるだけなんだけどね」

「じゃあなんで声が聞こえたの？　この壁の向こうに寝てるんだから、こちらからに決まってるじゃない。電話？　それともテレビ？　ほんとに煩いの。やめてくれない？」

育は言ってから、

「それとも嫌がらせ？　私のことが気に入らないみたいだけど、だからってずいぶん大人げないのね」

光子は口許を歪《ゆが》めた。

「気に入らないのは確かね。こうしていきなり怒鳴り込んでくるぐらい非常識だもの。思い込みで決めつけて、証拠もなしに責め立てて」

「証拠を出せ、って話!?」

「出せなんて言ってないわよ。ただ、人を責めるんなら、証拠ぐらい必要なんじゃないの、って話。――だいたいね、物音なんてのはお互い様なの。長屋なんだからね。人が住んでりゃ、声や物音ぐらいするわよ。相手に迷惑かけられることもあるし、迷惑かけることもある。だからあんたが夜中に金槌《かなづち》やドリルの音を煩く立てても苦情なんて言ってないでしょ」

「報復ってわけね」

光子はぴりりと眉を震わせた。

「話にならない。——帰ってくれる」

「話にならないのはどっちよ！」

育が声を上げたとき、おずおずとした声がした。

「あのう……どうしたんですか？」

振り返れば真穂が困惑した表情で玄関から覗き込んでいる。

「具合悪くて寝てるのに、この人が煩くするから苦情を言ったの。聞く耳は持たないみたいだけど」

育は言って、ショールを巻き直すと踵を返した。言い争いで消耗したのか、足許がふらつく。おろおろした真穂と格子戸の間に身体をねじ込むようにして光子の家を出た。

育が家に戻ってベッドに潜り込んでいると、しばらくしてから小さく格子戸を叩く音がした。

「……育さん、大丈夫ですか？」

真穂の声に、育は重い身体を起こした。玄関の鍵を外すと、土鍋を持った真穂が立っていた。出汁《だし》のいい匂いがしている。

「御飯、ちゃんと食べてます？　雑炊を作ってきたんですけど」

「嬉しい。助かるわ」

育は中に促した。ろくに食べていないこともさることながら、気遣って訪ねてくれたことが嬉しかった。真穂が家に来るのは久々だ。

「坐っててください。勝手にお茶を淹れていいですか？」

ありがとう、と言って育は部屋に上がり、奥のリビングにある炬燵の前に坐り込んだ。そんな育の前に、真穂はてきぱきと器を並べてくれる。熱い雑炊が嬉しかった。

「助かったわ。身体が辛くて、買い物にもいけなかったから」

「薬とか足りてます？　必要なものがあれば、買ってきます」

「ありがと。――ごめんね、迷惑かけて」

「いいんですよ。こういうことはお互い様です」

真穂は微笑んだが、「お互い様」という言葉に光子の顔が重なって急速に気分が落ち込んだ。

「お互い様だから我慢してたんですってよ」

「……え？」

「隣の人。うちが煩いのを我慢してたって。だからって嫌がらせすることはないよね」

真穂は顔色を曇らせた。急須に新たに湯を注ぎながら、

「それなんですけど……」

育の湯飲みにお茶を注ぎ足してから、

「今日一日、煩かったってことですけど、光子さんじゃないです。──私、今日は一緒にいましたから」

育は驚いて真穂を見た。

「……それ、どういうこと？」

「最近、光子さんに和裁を習っているんです。今日もそれでお昼からお邪魔していて──休みだったから。一緒にいて、夕飯も御一緒して、ついさっき帰ったところだったんです。もちろん、お話ぐらいはしましたけど、大きな声を出すなんてことはないです。怒鳴られたりしてないし、大騒ぎもしてないですから」

育は言葉を失った。

──だって、そんなことは一言も。

真穂は育が光子と険悪なのを知っていたはずだ。リフォームする育や真穂を小馬鹿にしていて、事あるごとに皮肉や小言を言って、真穂だって光子を煙《けむ》たく思っていたはずだ。特にあけすけに文句を言われる育に対して同情していてくれたはずだ。

――味方だと思っていたのに。

なのに、「和裁を習う」？　一緒に夕飯を食べるほど親しくなっていたということか。育には黙って。

口を利けないでいる育の顔を上目遣いに見て、真穂は言いにくそうに、

「……変なことを言うと思われるかもしれないですけど……」

言い置いて、真穂は顔を上げる。

「この家、女の人の声がしますよね」

育は瞬《またた》いた。

「ええ。だから、隣の……」

「光子さんじゃないです」

そう言う真穂は真顔だった。――むしろ、どこか怯《おび》えたような。

「でも、確かに女の人の声がするんです。家のどこかで、誰かが小言を囁き続けてるみたいな」

育は言葉が出なかった。

「……嫌なことを言って御免なさい。でも、私この家が気味悪くて……」

――なんだ、と思った。

真穂が距離を取っているように感じたのは、そのせいだったのか、と。

同時に、そんなことに安堵している場合じゃない、とも思う。

ずっと光子の声だと思っていたが、そうでないとしたら——誰の？

その夜、育は勧められて真穂の家に泊まった。心のどこかで、これでもう光子の声は聞こえないはずだ、と思っていた。実際、寝入るまで誰の声もしなかった。——なのに、夢を見たのだ。

暗がりに人影が立っていた。相変わらず容姿は定かではないが、その後ろ姿でなんとなく女だと分かった。女が俯き加減に立っているのは、育の家の玄関だ。女の前に色とりどりに貼った布が見えるから間違いなかった。相変わらず責めるような口調で何かを呟いている。時折、声が途切れる。言葉に詰まったように。——いや、泣いている？

啜《すす》り泣くように声を閊《つか》えさせ、そしてまた語調を高くしてひとしきり責める。

——煩い。

——煩いのよ、いい加減にして。

翌日は真穂と一緒に起きた。幸い、熱はほとんど下がったようだった。熱のせいか夢のせいか、ぐったり疲れていて育はこの日も会社を休んだ。出勤する真穂を見送って家に帰る。真穂は自分のところにいたら、と言ってくれたが、そんなに迷惑はかけられないし、第一、真穂の家にいても夢からは逃れられないらしい。

やっぱり光子ではなかったのか、と思った。光子の声がしていて、だから夢を見るのだと思っていたのに。真穂の家まで光子の声が聞こえるはずもないし、真穂は育の家で女の声がする、という。それは、まさか……。

思いながら家に戻って、育はぎょっとした。玄関の奥、夢の中で女が佇んでいたあたりの壁に人影があった。思わず悲鳴を上げそうになって思いとどまる。

「……これって」

育は恐る恐る壁に近づいてみた。ワゴンセールで買った端布を貼り合わせた壁だ。布の色や柄はさまざま、それをパッチワーク風に糊《のり》で貼ってあった。そこに薄黒く染みが浮いていた。近くで見れば染みにしか見えないが、少し離れれば人影に見える。

――板戸に浮かんだ人影のように。

育は土間の奥を見る。物入れの板戸にも相変わらず人影が浮かんでいた。

……いやだ。

思わず後退《あとじさ》った。家に戻りたくなくて玄関を出、そして少し迷ってから隣の格子戸を叩いた。――光子の家だ。

昨日の件があるから気まずい。でも。

はい、と声がしたので戸を開けた。表の間から顔を出した光子が、育の顔を見るなり渋い表情をした。

「今度は何かしら」

口調は冷ややかで棘《とげ》があった。

「訊きたいんだけど――私が入る前に住んでいた人って、どんな人でした？」

光子は首をかしげた。

「どんなって――」

「その人、亡くなってますよね？」

光子は皮肉っぽく笑った。

「なあに？　今度は幽霊でも出るって話？」

「答えてください。――そうなんでしょう？」

育が強く問うと、

「そうよ」と光子はあっさり答えた。「あんたの前の人は死んで家を出たからね」

やっぱり、と育は唇を噛んだ。

「私……事故物件だなんて聞いてないわ」

「事故じゃないわね。病気だから」

前住者は独居老人だった。毎朝、長屋の前を掃除していたのにその日現れないことを光子が訝《いぶか》しみ、家を訪ねて倒れているのを発見した。

「見つけたときには息があったんだけどね。救急車を呼んで――でも、結局、病院で亡くなったみたい。だいぶ血圧も高かったようだし、歳が歳だったから、そういうこともあるわ」

「だったら借りる前に一言、そう言ってくれても」

「告知義務はないんじゃないの。孤独死したんならともかく、運び出されたときには生きてたんだから。第一、死人の出た物件は嫌だなんて言い出したら新築の家でなきゃ住めないってことになるでしょ」

「それでも、言うべきだったんじゃないですか？」

育が語調を強めると、

「そんなことを、あたしに言われてもね。――まさか、化けて出たとでも言いたいの？　念のために言っておくけど、前に住んでいたのはお爺さんで、女の声で怒鳴ったりはしないわよ」

「そのお爺さんの前は？」

「あたしが知ってるのは、そのお爺さんだけだね。あたしが入ってきたときには、もういたから」

言って光子は表情を引き締めた。

「こんなに古い建物だもの、きっといろいろあるでしょうよ。この家だって誰か一人ぐらい死んだ人がいたかもね。だけど可怪《おか》しなことなんて何もないわよ？　化けて出たって言うなら、前に住んでいた人のせいでも家のせいでもなく、あんた自身のせいだと思うけどね」

きっぱりと言われて、育は踵を返した。不快だったし腹立たしかった。だが、光子の「こんなに古い」という言葉に引っ掛かった。こんなに古い――いろいろある。

育は家に戻り、壁からは目を逸らして手早く身支度をした。そしてまっすぐに「どうぐ屋」へと向かう。育を見るなり眉を顰《ひそ》めた店主に、

「私がここで買ったものの中に、嫌な来歴のある品物ってあります？」

育が言うと、山崎は驚いた顔をした。

「それ、どういうことですか」

「前の持ち主が急死したとか、なにかそういうこと。曰《いわ》くのある品物が交じっていたんじゃない？」

山崎は顔を蹙めた。

「どういう意味で仰ってるのか分かりませんが、売られた経緯や前の持ち主のことは分かりません。うちは買い取りはしてませんから」

「そんな無責任な」

「無責任と言われても……うちはリサイクルショップではないんです。専門の卸し業

者から買い付けて販売しているんだし、その卸し業者も別の業者から買ったりするわけで、僕の立場じゃ元の持ち主のことは知りようがないです」

「じゃあ、とんでもない品物が交じっている可能性もあるってことですよね」

「とんでもない、というのは、どういうことですか」

「だから――不幸な死に方をした人の遺品とか」

「売り買いするのを憚られるような事情がある品なら、それなりに処分されるものなんじゃないですか」

山崎は言って、溜息をついた。

「まあ、断言できませんが」

「その程度の認識なの？　素性をちゃんと調べないの？　変な物が交じっていたらどうするの」

育が強く言うと、山崎は眉を顰めた。

「人の手を経てきたものなんですから、そりゃあ、いろいろあるでしょう。そこが気になるんなら、新品を買えばいいんです」

育は啞然《あぜん》とした。

「なんなの、その言いぐさ」

「それが事実ですから」と、山崎は強い口調で言って、「いい意味でも悪い意味でも他人の手を経てきている。古道具というのはそういうものなんだ。それを気味が悪いと思う人もいれば、だからいいんだと思う人もいる。いいと思う人だけが買えばいい。うちだってそういう人に向けて商売をしてるんだ。難癖をつけるのはやめてくれ」

「難癖って……」

育は言葉に詰まった。

「馴染みの客に向かって言う台詞《せりふ》?」

山崎は育をねめつけた。

「これまで何度も買ってもらったのは事実だけど。でも、本音を言わせてもらえば、あんたには買ってほしくない。売りたくないいんだ。もう来ないでくれ」

育は怒りのあまり、声が出なかった。

常識のない古道具屋の話なんて信用できない。きっと古道具に問題があったのだ。

育は「どうぐ屋」から買ってきた品物を片端から検《あらた》めた。しかし、子細に見ても妙な染みがあるわけではなく、目立たない箇所に御札などが貼ってある様子もない。見た目になにがしかの現れがなければ、来歴など想像のしようがなかった。

疲れ果てて眠ったその夜、育はまた夢を見た。

暗い中に人影が坐っている。床を叩きながら、強い口調で何かを罵《ののし》っている。

——いい加減にして。

昼間の苛立ちが蘇った。ずっと気味悪く思っていたが、初めて腹が立った。

——こんな人影が何よ。

育は夢の中で身を起こした。憤然として布団を捲《めく》りながら、夢の中でも身動きができたんだ、とぜんぜん別のことも考えていた。ベッドを降りようと床に片脚を降ろしたときだ。

降ろした脚を何かが摑《つか》んだ。ぎょっとして見ると、自分の足首を白い手が摑んでいる。その手はベッドの下から伸びていた。がっちりと摑まれ、夢の中で育は凍り付いた。

節の立った細い指。それが足首を鷲摑みにしている。すっとその手の脇に白いものが現れた。もう一方の手だ。ベッドの下から現れた手は床を這うように探り、何かを探り当てて握り込んだ。手の先でキラリと暗い光が閃いた。握って引き寄せたそれは鎌だ。

音を立てて血の気が引いていった気がした。瞬間的に口の中が干上がり、冷や汗が噴き出す。足首を摑んだ手を振り解《ほど》きたかった。懸命に蹴ろうとするのに、まったく脚が動かない。鎌を握った手が無情に宙を薙《な》いだ。

　声を上げて、育は飛び起きた。ベッドの上で跳ねるように身を起こし、そしてそのとたん、足に激しい痛みを感じた。驚いて布団を撥《は》ね除《の》け、足首に触れる。ずきんと痛みが走り、手にねっとりとした滑《ぬめ》りを感じた。慌てて目の前に翳《かざ》した掌《てのひら》は真っ赤に濡れている。息もできずにそれを見つめ、そして育は悲鳴を上げた。

「――育さん！」

　悲鳴を上げ続けていると、玄関を叩く音がした。真穂の声だ。育はベッドを転がり落ち、玄関へと這い寄った。土間に滑り降りて格子戸を開く。驚いた様子の真穂と、その背後には光子が立っていた。

　灯りを点け、落ち着いて検めると、暗がりの中で見たほどの出血ではなかった。だが、確かに足首を何かで切ったような疵がそこにはあり、シーツを汚すほどの血が滲《にじ》んでいる。

「……夢、のはずなのに」

　真穂も光子も、どうしたものか、という表情で育を見つめている。

「とにかく、消毒しないと」と、真穂が言って立ち上がった。「薬、取ってきます」

　光子も立ち上がった。取り残されるのが怖くて引き止めようと育は身体を伸ばしたが、光子は宥《なだ》めるように手を振る。

「お茶でも淹れるわ。台所を借りるわよ」

育はほっと息を吐いた。すぐに真穂が戻ってきて、足を手当てしてくれた。

「真穂の言う通りよ。……この家、何かあるのよ。……きっと、古道具のどれか」

「どれか心当たりはないんですか？」

「……ないの。分からない」

「何か、ねえ……」と、光子は紅茶を淹れながら、部屋を見廻した。

「そう言われても、ガラクタばっかりだもんね、この家」

「ガラクタなんかじゃ……」

古い道具をガラクタ呼ばわりするなんて。育は胸の中で憤慨したが、口には出さなかった。光子を刺激したくない。何よりも今は一人になりたくなかった。

あたりを見廻していた光子は、キッチンの調味料入れに目を留めた。わりと最近、「どうぐ屋」で買ってきた棚だ。流しの脇に作った棚の上に据えているが、奥行きがぴったりのサイズだったうえ、底が二段の抽斗になっていて、小袋に入った調味料を入れておくのに便利だった。その上はわりと高さがあって、オリーブオイルやバルサミコの瓶など流しの下の醬油《しょうゆ》などと並べにくい半端な高さのものを入れるのに丁度いい。棚の奥の中央だけ、綺麗な木目の板を貼ってあるので、小綺麗な瓶をディスプレイするとお洒落《しゃれ》だ。おまけに折り戸がついているので、隠しておきたい時には閉じておける。

店の脇、未整理のものが積んである山の中で発見して、調味料入れにぴったりだと閃いた。店に駆け込んでとにかく売ってくれと、山崎に値段を付けてもらったのを思い出し、口の中が苦くなった。

唇を嚙んでいると、光子が険しい表情で振り返った。

「あんたこれ、仏壇じゃないの？」

育はぽかんとした。

「真ん中の板は仏具板でしょ。――で、これは」と、言いながら上の小さな抽斗を勝手に開け、「おまけで貰った醬油にマスタード？」

心底軽蔑したように顔を顰めた。

「この抽斗はね、形見箱って言うの！」

叩き付けるように言って、音を立て、抽斗を閉めた。

「腕時計や櫛《くし》や、故人が愛用していた小物を納めておく抽斗。それをこんな使い方して。呆れた」

「だって……どうぐ屋さんは何も……」

育はそれだけを言うのが、やっとだった。仏壇だなんて聞いてない。第一、仏壇というのは黒塗りで、金色に装飾してあるのではないだろうか。

育が、しどろもどろにそう言うと、

「唐木仏壇ってのがあるのよ。漆も箔も使わずに木をそのまま使った仏壇」

でも、と真穂が宥めるような声を出した。

「あまり仏壇っぽくないですよね。私も分からなかったです」

困惑したような表情を見て、真穂がこの棚を見たときに同じような表情をしていたことを思い出した。「これって……」と言いかけた声音が鮮明に思い出された。

──真穂は気がついていたんだ。少なくとも、一瞬、疑った。

「ずいぶん前にリビングにも置ける仏壇、なんて言って、仏壇らしくない仏壇が流行ったことがあるから、その類かしらね」

言いながら、光子は瓶を並べた棚板を撫《な》でる。指を汚して露骨に顔を顰めた。

「液垂れでベトベトだわ。選《よ》りに選って罰当たりな使い方をしたもんね」

「でも、仏壇だなんて聞いてない！」

育は声を上げた。

「どうぐ屋は、何も言わなかった。それって酷《ひど》くないですか⁉」

光子は腕を組んだ。

「確かに仏壇だって言わずに売ってたんだったら問題だわね。棚って言ってたの？」

育は押し黙った。山崎は何も言ってない。

「まだ、値札とか付いてなくて……店の脇に積んであったんです。掃除とかもしてない状態で」

「それを売らせたんだ」

「売らせた、というか……欲しいって言って、すぐに値段を付けてくれ、って」

「そのとき確認されなかったの？」

「確認なんてされてない」

というより、余計なことを言われないよう、とにかく売ってくれと強く言って買ってきたのだ。

「最近あそこ、何に使うんだとか、いろいろ煩く言って売り渋るから……」

「当然だわね」

光子はぴしゃりと言った。

「あたしでもあんたには売りたくないわ。古いけど、いい品だと思うから並べてるんでしょ。それを踏みつけにするんだもの。そんな使い方、されると分かってたら売らないね」

「そんな」

抗議しようとした育を、光子は遮った。

「買ったものをどう使おうと自由？　そうかもしれないけど、店の名前を考えて御覧なさいよ。『どうぐ屋』でしょ？　古いけどゴミじゃないんです、道具なんです、使えるんです、って心を込めた屋号じゃないの？」

はっとして育は黙り込んだ。

光子は呆れたように溜息をつき、

「何か原因があるとしたら、これじゃないかしらね。ちゃんと供養するなり、したほうがいいと思うわ」

育は無言のまま、こっくりと頷《うなず》いた。

実際にどうやって供養するかは、光子も知らないようだった。手早く調べて、仏壇を処分する際には魂抜《たまぬ》きという行事をする必要があると知り、近所にある寺に駆け込んだ。だが、事情を説明――異常な何かが、という話はしなかった――すると、やんわりと断られてしまった。

仏壇には本尊といって仏像か仏像を描いた軸を飾る。そこに位牌《いはい》を納めるわけだが、本尊も位牌もないなら、魂抜きする理由がない、という。

「仏様がおられないのでしたら、仏壇はもう単なる家具のようなものです」

「でも、普通に廃棄していいものではないような気が……」

異常現象については口にしたくない育が、なんとかそう言うと、住職はそれを殊勝に捉えたのか、

「心苦しいと気に病まれるお気持ちは分かりますが、割り切ることも必要ではないでしょうか。どうしてもお気持ちが治まらないということなら、お仏壇を扱うお店に相談してみてはいかがでしょう」

「あの……こちらではお焚き上げのようなことは……」

「あいにく、お仏壇のような大きなものは承っておりません」

「そんなに大きなものではないんです。小さな……」

「うちでお引き受けできるのは御札やお守りのようなものだけです。申し訳ありませんが」

穏やかな口調で言われると、そうですか、と応じるしかなかった。念のためにと、ほかにも二軒ほど寺を訪ねたが、どちらも言うことは同じだった。肩を落として家に戻ると、長屋の前には光子が立っていた。がっしりした老人と家のほうを指差しながら何やら話し込んでいる。老人には見覚えがある。真穂がリフォームを依頼した工務店の隈田《くまだ》ではないだろうか。

「あら、お帰り」

光子が育に声をかけてきた。光子と隈田を見比べているのに気づいたのか、照れ臭そうに、

「ちょっと家を弄ろうかと思って」

「リフォーム？」

光子は常に育や真穂を馬鹿にした調子だったから驚いた。

「リフォームって言うほど大したことじゃないんだけど。不具合直して、もうちょっと綺麗に住もうかな、って」

そう言ってから、光子は照れたように微笑い、

「こんな古い家、手を入れたってしょうがない、と思ってたのよね。どうせ借家だし、って。でも、真穂ちゃん見てて恥ずかしくなったわ。ちゃんと手入れすれば綺麗になるのよね」

「手入れ……」

育は口の中で小さく呟いた。育もこれまでさんざん家を弄ってきたが、「手入れ」という感覚はなかったことに気づいた。排水が悪くなれば詰まりを直すぐらいのことはしたが、それは「手入れ」という言葉には、どこか馴染まない気がする。

「よく考えたら、次に移り住む計画があるわけじゃないもんねえ。終《つい》の棲家《すみか》になるかどうかは大家さん次第だけど、住める限りはずーっと住むことで確定なんだから、手入れぐらいしてやらないと」

光子は言ってから、

「ところでもう出歩いて大丈夫なの？　仕事？」

「いえ、今日も仕事は休んで……」

育はそう答えて寺を訪ねたことを話した。どこでも断られてしまった、と。それを興味深そうに聞いていた隈田が、

「そりゃあ、無理だろうねえ。最近は、そういうの、行政が煩いからね」

「行政……」

「結局のところ、廃棄物だからね。寺だって持ち込まれても廃棄する方法に困るだろ。まさか境内で焼くわけにもいかないしね。そんなでっかい焚火したんじゃ消防が黙ってない」

「仏壇屋に行くよう言われました」

「仏壇屋なら引き取ってくれるかもしれないね。ただ、有料だろうし、新しい仏壇を買うんでなきゃ嫌がられるかもしれんが」

育はその場にしゃがみ込んだ。

――だったら、どうすればいい。

「どうした？　大丈夫かい」

育は膝を抱きかかえる。寺が引き取ってくれないなら捨てるしかない？　不遜な使い方をしてこんなことになったのに、それを大型ゴミとして捨てろ、というのだろうか。

温かな手が背中に添えられた。光子だった。

「あたしもどうすればいいのか調べてあげるわ。——そうだ、どうぐ屋は？　あそこで買ったんだから相談してみたら」

「私、出禁《できん》だから」

「できない？」

「できない、じゃなくて出禁。二度と来るなって言われちゃった」

自分でも悔しいのか哀しいのか分からない。ひとりでに涙が零《こぼ》れた。

光子の言う通りだ。「どうぐ屋」という屋号を考えれば、育の行動が不愉快だっただろうことは想像がつく。家具を搬入に来たとき、驚いたように玄関を見ていた顔、枠を廃棄してくれと言ったときの表情が蘇った。だったらそう言ってくれればいいのに、とも思うし、だとしてもあの態度はないだろう、とも思う。いずれにしても、もう行けない。来るな、とまで言われた以上、とても顔を合わせられない。

「俺が何とかしようか？」

温かみのある声が降ってきた。顔を上げると、隈田が困ったように微笑んでいる。

「なんか知らんが、仏壇の処分で困っているんだね？　このところ懇意にしている寺があるから、そこに供養してもらってちゃんと処分してあげるよ」

「ほ……本当ですか」

「お寺さんへの謝礼だけは持ってもらっていいかね。あとはお寺さんに訊いて、捨てて構わないようならうちの廃材やらと一緒に処分するし、そうでなきゃ一旦壊して材に戻すやら、なんなりとできるだろう」

「……ありがとうございます！」


——ああ、まただ。

育は夢を見ていた。暗闇の中に人影がある。それは背を向けたまま何かをまくしたてている。その声が途切れる。途切れたと思うと、また声高に続く。

——仏壇なら処分したのに。いったい何を訴えてるの？

女の声は途切れがちだった。啜り泣くように言葉を詰まらせ、ひとしきり咽《むせ》び泣いてまた怒鳴る。泣きながら罵っている相手は育だろうか。何をしたというのだろう。

苛立たしく耳を澄ましていて、育ははっとした。女の言葉は聞き取れない。これは外国語なのでは？

思って聞くと、日本語ではないように思う。英語でもない。育の知る外国語などほかにないが——どうもアジアのどこかの言語、という印象があった。

育は、はっとした。ひょっとして、アジアン家具だろうか？　小さな家具に小物、食器や花器、そんなものがいくつもある。

まさか、サラスワティ？　思って耳を澄ますと、声は風呂のほうから聞こえるような気もする。サラスワティはたしか、神様の一種ではなかったろうか。それを籠置き場なんて罰当たりな使い方をしているから？

──捨てなきゃ。

全部何もかも、集めて捨てるのだ。

──捨てていいの？

処分すると言えば聞こえはいいが、ゴミとして捨てる、ということだ。そんな罰当たりな──という気がした。

──でも、ほかにどうすれば。

女は上体を揺らして床を叩いている。育には理解できない言葉で激しく何かを罵っている。たぶん、育を罵っているのだろう。ひたすらに責め立て──そして声を途切れさせる。泣きながら責める。聞き慣れない音の羅列で、ただ育を罵る。

──もう、やめて。

耳を塞ぎたかった。

──分からないの。何を訴えてるのか分からない。だから、何を怒っているのかも分からないのよ。

何が気に入らないの。どうして私ばかり責めるの。私が何をしたっていうの。そこまで責められるほどのことを何かした？

堪らず、育は叫んだ。

「もういい加減にして！」

身を起こして叫んだ。夢の中には暗闇しかなく、もちろん誰の人影もない。ただ、呪詛《じゅそ》のように声が流れる。意味不明の音の羅列。

ひときわはっきりと声が聞こえた。それは育には理解できない異国の言葉で、激しい感情をぶつけてきた。声のほうを見やった育は、縁側に面する障子が開いているのを見た。開いたそこから、何者かがこちらに入ってこようとしている。

声も出ないまま身を竦《すく》めていると、それは奥の間に足を踏み入れる。黒い影のようだが、女だということはなぜか分かった。片手に何かを握っている。それが闇の中で暗い光をきらりと弾いた。

――鎌だ。またた。

育はまだ痛む足首を握った。

「……やめて」

掠《かす》れた声を出したとたん、唐突に女の影の片腕が落ちた。肩から切り落としたようにばたりと落ちて畳に転がる。――さらに一歩。と同時にもう一方の腕が切れて落ちた。さらに一歩踏み出すと、後ろに残った脚がごろりとその場に転がった。片脚になった女はその場に倒れ込む。倒れ込んだ勢いで脚が首が弾けるように転がって――。

育は眼を閉じ、悲鳴を上げた。頭を抱えてひたすらに声を上げる。すぐに玄関を叩く音がした。また光子と真穂が駆けつけてきた声がする。

二人の気配に励まされてベッドを飛び降りた。土間に駆け降り、鍵を開け、玄関から転がり出る。

「育さん……いったい」

「助けて！　私、殺される！」

バラバラになった女の影。あれは女がバラバラにされたということだろうか。――あるいは、育をあのようにしてやる、という意思表明だろうか。少なくとも前回、足を切る夢を見たとき、実際に育は何者かに足を切られた。

その夜は真穂の家に泊めてもらった。休んでくださいと言われたものの、また何か起こるのではないかと思うととても眠れそうにない。――いや、そうではない。寝ます、と言ってしまうと、真穂まで寝てしまいそうで怖かったのだ。夜の中に一人で取り残されたくなかった。

リビングに坐り込んだまま、とろとろと眠ったのはようやく朝になってから。真穂はろくに寝ないまま仕事に出掛け、自分が帰ってくるまで寝ているように、と言った。真穂明るい陽射に励まされて、育はようやく深い眠りに落ちた。泥のような眠りから覚めたのは、真穂が戻ってきたからだ。真穂は背後に若い男を伴っていた。

「隈田さんから、相談に乗ってあげてほしいと言われまして」

そう言った男は、尾端《おばな》と名乗った。

「勝手にごめんなさい」と真穂が申し訳なさそうに言う。「私が隈田さんに相談したんです。隈田さんも仏壇のことで心配してらしたから……」

それはいいけど、と育は呟いた。

「あなたは……霊能者か何か？」

「いいえ」と苦笑するように言った尾端は、「どういうわけか、こういった事例に手を貸すことが多いのです。――お宅を見せていただいてもいいですか？」

育は不承不承頷いた。家を見せるのは構わないが、育自身が家に入りたくない。後込《しりご》みしている自分が哀しかった。いろいろあったが、育なりに手をかけてきたのだ。それが全て台無しになった、という気がして辛かった。

尾端は土間の様子に眼を丸くし、上がり口の抽斗に苦笑した。

「まさか、その抽斗が」

ないと思いますよ、と尾端は微笑った。

「大胆な使い方だけど、壊したわけではないですしね」

「でも……」

「ただ、抽斗なのに勿体ないですね。枠を付けてやったらどうです？　そこに抽斗として入れる。板二枚分、高さが増しても問題ないでしょう。むしろ段差の調節としてはそのほうがいいし、収納も増えますよ」

「あ……そうね」

言われてみれば、そのほうがいいような気もした。

「あの影は？　ひどくムラが出てますけど」

尾端は物入れの板戸に目をやる。

「それは私のせいで……巧く塗れなかったんです。そこの壁にも出てるんです。人影みたいで気味悪いでしょ」

「人影には見えませんけど……上塗りするといいですね。色はもう少し濃いほうがムラは出にくいですよ。紅殻《べんがら》色みたいな」

「ああ……」

「これオレンジがかってますから、上に濃い目の赤を乗せると発色もいいです」

言いながら、家を子細に見て廻る。

「土壁に布を貼るのは面白いな。でもこれ、アクが出てますね」

「――アク？」

「最初にアク止めしないと、土壁はどうしても染みが浮いてくるんです。――ああ、このあたりの棚も手作りなんですね。本当にお好きなんだなあ」

そう微笑みながら言ってくれたのが、なぜか泣きたいぐらい嬉しかった。

「……これは？」

尾端が足を止めたのは、縁側だった。片膝を突いてマットを取り上げる。

「ああ。元は着物なんです。厚みもあるからマットにちょうどいいと思って」

地紋はあるが柄のない藍染めの野良着だった。愛想がないから、バスマットやトイレのマットとして使っている。

「切ったんですか？」

尾端はもう微笑ってはいなかった。責める調子ではまったくなかったが、つい後ろめたい気分がして、

「……だって着物なんて着ないし、第一、着られるようなものじゃなかったのよ。古くてボロボロで」

言い訳しようとする育に、

「私はこういうことには詳しくないのですが……ひょっとして東北——青森のほうでお求めになりましたか？」

「いいえ。山形の親戚に貰ったんです。納屋を壊したとき出てきた、って」

「じゃあ、山形に流れ着いたのかな」

ひとりごちるように呟いて、

「たぶんこれ、津軽《つがる》の民芸品だと思います。津軽こぎん」

「こぎん？」

尾端はマットを明るい窓際に持っていった。

「布にびっしり糸を刺してあるでしょう。布に糸を刺して縫い目で模様を描く——刺し子の一種ですね」

「あの、おふきんとかにする？」

育はきょとんとした。地紋があるのは気づいていたが、そういう織物なのだと思っていた。

「そうです。ただ、津軽のこぎん刺しは独特です。昔、津軽地方は寒いので綿が育たなかったんですよ。だから普段着には麻を使っていた。江戸《えど》時代、倹約令が出て農民の着物は麻に決められた、とも聞いています。——いずれにしても、目の粗い麻の着物しか着られなかったんです」

尾端は言って、マットを撫でた。

「目が粗いから、風が通る。津軽は寒いので、そこに糸でびっしり刺し子して、保温性を高めた。隙間なく縫えば、粗い目も塞がるし、布と糸で二重になるわけですからね。特に肩や背中は、農作業で重い物を背負えば、いちばん傷む部分です。刺し子すれば、それだけ生地も丈夫になる」

「へえ……」

「ただ縫えばいいようなものです。でも、津軽の女性たちはそれでは終わらせなかった。布を縫えば針目が現れますよね」

「ええ……点線みたいに」

「それをまったく同じ針目で、きっちり揃えて縫ったら、縦縞になりますよね？」

育はぽかんとした。——一筋縫ったその下に、ぴったりくっつけ、まったく同じ調子で縫えば、二本の糸が並ぶ。点線が縦に連続するわけだ。その調子で三筋、四筋ときっちり揃えて縫えば、縫い目は連続して縦縞を描く。——描くことになるはずだ。

「理屈ではそういうことになるけど……でも、それだけきっちり揃えて縫えるもの？」

「布地は縦糸と横糸が交叉してできてますよね。その横糸に沿って、縦糸を何本跨《また》ぐか決めて縫えば、きっちり揃いませんか？」

「それは……まあ」

確かにそうだが、布地の糸を数える？　そんな馬鹿みたいな労力をかける？

「こぎんはそういう理屈でできているんです。糸を数えながら縫って、現れた縫い目で幾何学模様を描いていくんですよ」

「そんな、まさか」

呟いて育はマットを手に取った。よくよく見れば、藍色の地に藍色の糸で菱形めいた模様が描かれている。尾端に言われて想像したよりも、布地の目は粗く、刺している糸には太さがあった。だが、それでもこれだけの面積を、いちいち糸を数えながら？

「一段目は一目だけ表に出す。二段目は三目、三段目は五目……と刺していけば、三角形の模様が現れますよね？　そこから逆に目を減らしていけば菱形ができる」

三目拾った針目を一目ずつずらしていけば、幅三目の菱形の輪郭ができる。そのようにして針目をずらしていくことで、複雑な模様が現れていく、という。

「これ……織ったんじゃないの？　手で縫ったの？　布地の糸目を数えながら？」

大きな菱形が連続し、その菱形の中には大小の細かい菱形で小花のような模様が集まったり散ったりしつつ規則正しく連なっていた。糸一本だけを縫って現れた点、糸数本を縫って現れた線、針目はどれもミリ単位だ。それが小さく小花を描き、小花が集まって田の字を描き井桁を描き、その間を縞が区切り、次第に大きな模様を現しながらびっしりと連続する。

――いったい、どれほどの手間だろう。

「津軽の女性は子供の頃から針を持ち始めて、冬の農閑期ごとに、こぎんを刺したものなんだそうですよ。それぞれが模様を工夫して、複雑で美しい模様を刺した。嫁入りの際には、その中から出来のいい着物を選んで持っていったんだそうです」

尾端は言って微笑んだ。

「花嫁道具のつもりだから、さぞかし手もかけ、工夫もして、自分の持てる技の最高のものを作ったのでしょう」

そうね、と呟く声が掠れた。

――私はそれを、切り刻んで足を拭くマットにした。

育が改めて手に取った布には、無数の幾何学模様が複雑に交錯して、繊細で精緻な模様を描いている。

――そうか、あれは津軽弁だったんだ。

とっくにこの世にはいない女の人。心を込めてこれを縫った誰か。

「基本的に東北の農家は貧しかったんです。布も糸も貴重品でした。布は粗い麻で、藍染めだけ、糸は綿ですが生成《きなり》の白だけ。それを美しく刺して晴着にして、傷めば修繕して普段着に下ろしてまた着た。糸が汚れれば藍で染め直したそうです。それが古びればさらに新しい糸で二重に刺し、それも古びればまた染めて、また刺して、擦り切れれば使える部分だけを切り取って当て布にし、大切に大切に使った」

育は機械的に頷いた。手にした布は糸ごと藍で染められているが、二重三重には刺していない。それほど古びる前に手放したのか——あるいは持ち主が亡くなったのか。

「傘も古びれば化生《けしょう》して妖怪になる――本当かどうかはさておき、物にも魂が宿ると考えられていたのでしょう。作り手がこれほどの手間をかけ心を込めたものなら、何かが宿っても不思議はない気がします」

育はマットを抱いて尾端を見た。

「私……どうすれば」

「着物に縫い戻してあげたらどうでしょう。せめて刺し子の部分だけでも、元のように縫い合わせて、欠けた模様を埋めてあげたら」

「でも、そんな」

どうやって、そんなことを、と言いかけて、育は思い至った。

――光子がいる。

尾端が帰ったあと、育は光子を訪ねた。

「あのう……これなんですけど」

食後に寛《くつろ》いでいたのだろう、片付けられないままの食器が並んだ卓袱台に背を向け、上がり框《がまち》に坐った光子に、育はマットを差し出した。

「これ、なんとか元のようにならないかと思って……もとは着物だったんですけど。野良着みたいな袂《たもと》のない袖の――」

「あら、それはいいことね」

なぜとも訊かず、即座に頷いた光子に、育は首をかしげた。

「ひょっとして知ってたの？　これが原因だって」

そう言えば、野良着に鋏《はさみ》を入れていたとき、たまたま光子が来て「頓狂な」と言ったことがある。

光子は瞬いた。

「いいえ――これが原因だったの？」

まだ分からないですけど、と育が経緯を話すと、光子は微苦笑を浮かべた。

「あり得るかもしれないわね。――いいえ、あたしは単に、着物を着物でなくするのは可哀想なことだわ、と思っただけ」

「でも……」

言いかけた言葉を、育は呑み込んだ。野良着なんだ、着られるようなものじゃない、と育はこれまで説明してきたが、美しい模様とそれを描いた手間暇を思うと、とても同じ言い訳はできなかった。

「着物には一生があるのよ。晴着やお出掛け着として縫って、汚れたら解いて洗って縫い直して。そうして傷んだら、傷んだ部分を切って羽織にしたり子供の着物にしたり。それも傷んだらお布団の表にして。それも傷んだら端布として細々《こまごま》とした用に使ったの。——それが着物の一生」

光子は言って愛おしそうに布を撫でた。

「生を全うしないのは哀しいでしょ」

黙って俯くしかない育をよそに、布を撫でていた光子は、

「あら……これ、刺し子？」

「こぎん刺しっていうそうです。津軽の」

「まあ、すごい」と言って、布を光に翳《かざ》す。「こんなにびっしり。——見事だわねえ。これ、手で刺すんでしょう。どれほどの手間かしら」

「元に戻せますか……？」

光子は少し矯《た》めつ眇《すが》めつしてから、

「こぎん刺しは知らないけど、理屈は分かるわね。一、三、三……五、三、……奇数

目で縫っていくのね」

「お願いできますか？」

育が言うと、光子は布を膝に置いて微苦笑した。

「自分でおやんなさい」

「……え」

「自分で切って駄目にしちゃったんだから、自分で元に戻しなさいな。やり方なら一緒に考えてあげるから」

そんな、と育は口の中で呟く。

「これを、私ができると思います？」

「やってごらんなさいよ。リフォーム、好きなんでしょ？」

「だって、こんな手間……」

「ものを作るのは手間暇かかるものよ。手間暇を惜しむから、あなたはすぐ奇抜なことに走るの」

ぴしゃりと言われ、反射的にむっとしたが、その通りだと思い直した。たくさん家を弄ったが手間暇はかけてこなかった。だから板戸にはムラが出るし、壁にはアクが浮く。けれどそんな家でも、妙なことのせいで戻りたくない、と感じたとき哀しかった。自分なりに手をかけた住まいだから。

——あれとは比べものにならないほど手間をかけて。時間をかけて。作り手の手間暇に思い至っていれば、この布に鋏を入れることなど、とてもできなかっただろう。同様に、まだ使える箪笥や道具に、あんな酷いことはできなかったはずだ。

「でも……運針、苦手なんです。酷いことになったらどうしよう」

「糸を数えながら刺していくんだから、丁寧にやればそれなりにはなるわよ。時間はかかるでしょうけどね」

育は微笑い——そしてふと、

「あの人はそれで許してくれるかしら」

「ごめんなさい、って言うしかないわね。一針ずつ、できるだけ綺麗に直しますから、って」

そうですね、と育は頷いた。

「とりあえずこの縫い目を解いてしまいましょ」そう言ってから、光子は顔を顰めた。

「本当に酷い縫い目ね」

「だから苦手だって……」

「まあ、それでもミシンを使うよりましだわ。ミシンを掛けちゃうと、布を傷めずに解くのは難儀だからね」

光子はそう言い、育を部屋の中に招いた。

「糸を切っちゃってるから、これ以上解けないよう留めないとね。やり方を教えてあげるから、手伝って」

水の声

古い住宅街の外れ、そばには堤防が立ち塞《ふさ》がっていた。二段に土を盛った堤防は屋根に迫るほど高く、表面は刈り込まれた草で覆われていた。刈り残されてしまったのか、それともあえて誰かが残したのか、薄《すすき》が幾群か小さな繁みを作って銀色の穂を川風に揺らしている。

——そうか、もう秋になったんだ。

遥奈《はるな》はそう思った。なんとなく深呼吸すると、秋めいた空気の匂いがした。秋の匂いは枯れ葉の匂いだ、と遥奈は思う。あるいは乾いた枯れ草の匂い。どこか懐かしく感じるのは、小さいころ祖母の田圃で藁《わら》に埋もれて嗅いだ匂いに似ているからかもしれない。

そんなことを考えて佇んでいると、ふいに声をかけられた。

「石飛《いしとび》さんじゃねえのかい」

寂《さび》を含んだ太い声に振り返ると、堤防脇に建った倉庫から老人が出てくるところだった。大きく開け放たれた入口のすぐ外、据えられた灰皿のそばに立っているところを見ると煙草を吸いに出てきたようだ。

遥奈は微笑んで一礼した。

「御無沙汰してます、隈田《くまだ》さん」

工務店の棟梁だった。遥奈が勤めているハウスメーカーでも下請けを頼んでいる。遥奈ばかりでなく、ほかの営業も、ここぞというときには隈田工務店を、と言う者が多い。腕が良く、しかも仕事が丁寧で速いからだ。

「ほんとに久しぶりだね。今日は仕事かい」

「いえ。――近くまで来たので」

遥奈は言ったが、これは嘘だった。本当は単に隈田の顔が見たかった。遥奈は隈田に、大好きな祖父に相通ずるものを感じていた。

「わざわざ年寄りの顔を見に来てくれたかい。そりゃあ有難いね」

隈田は笑って、お茶でも飲んでいきなよ、と倉庫の隣を示した。隣に建った一軒家が隈田の自宅兼事務所だった。家の脇を奥に入ったところにある古い建物はかつての自宅で、現在は若い大工たちの寮になっている。倉庫は資材置き場と作業場を兼ねていた。中で三人ほどが作業をしているのが見える。遥奈は彼らに会釈をしてから隈田について事務所へと向かった。

いつもは誰かしらいる事務所だが、今日は無人だった。「みんな出掛けててね」と隈田は言って、自らお茶を淹《い》れてくれた。遥奈は途中で買ってきた和菓子の包みを差し出す。

「前を通ったので」

そう言ったら、隈田は声を上げて笑った。

「近くまで来たり、前を通ったり、忙しい嬢ちゃんだね」

遥奈は応接ソファに腰を降ろし、首を竦《すく》めて笑い返した。

「実は、自分が食べたくて寄ってきました」

「じゃあ、開けさせてもらおうかな」

地元では有名な外郎《ういろう》だ。菊の形の白と黒。包みを開いた隈田は、

「……黒のほうが数が多いな」

「黒のほうが美味しくないですか？」

どちらもほんのり生姜の匂いがするが、黒は黒糖風味でこしあんが入っていた。

「俺は白のほうが好きだがなあ」

「絶対、黒ですよ」

「そうかねえ」

そんな話をしながら外郎を摘《つ》まんでお茶を飲んだ。ひとしきりしてから、隈田は柔らかい調子で訊く。

「どうした？　彼氏と喧嘩でもしたかい」

やっぱり分かっちゃうよね、と思うのが半分。けれども分かってくれるから来たんだ、という思いが半分。

「喧嘩は……してないんですけど」

遥奈は湯飲みを両掌で包み込んだ。

隈田は眼を丸くした。

「……一大決心をしてプロポーズしたら、断られちゃいました」

「嬢ちゃんから？　そりゃあ本当に一大決心だ」

揶揄《からか》うように言ってから、隈田は少し眉を顰《ひそ》めた。

「しかし相手は末武《すえたけ》くんじゃないのかい」

遥奈は頷《うなず》いた。

遥奈が末武弘也《ひろや》と出会ったのは、一昨年のことだった。最初は仕事だった。公務員をしている弘也が、家をリフォームしたいと遥奈のハウスメーカーを訪れたのだ。担当になったのが遥奈だった。

当時、弘也には父親がいた。母親は弘也が中学生のころに亡くなり、父親との二人暮らしだった。脳梗塞《のうこうそく》のあと立ち坐りに障害が残った父親のため、古い家をリフォームしたい、とのことだった。遥奈は工事を隈田に依頼し、もう取りかかるばかりになっていた。——なのに、その父親が脳溢血《のういっけつ》で亡くなってしまったのだ。

弘也は可哀想なぐらい気落ちしていた。特に父親の脳溢血が、弘也が出勤している間に転倒して頭部を強打したことが引き金だったため、もっと早くリフォームを決断していれば良かった、と激しく自分を責めた。間に合わなかったリフォームを進めることが本当に辛そうだった。だから——会社員としては誉められたことではないのだが——隈田とも相談してペンディングにしましょう、と申し出たのだ。契約上は無期延期という体裁で、白紙に戻した。上司には叱られたが後悔はしていない。施主にとって苦痛でしかないリフォームに意味があるとは思えなかった。

実を言えば弘也に対する好意もあった。打ち合わせの名目で食事にも行ったし、飲みにも行った。察した隈田がさりげなく応援してくれていた。遥奈は、弘也が自分を責めるのを見たくなかった。父親を亡くしたばかりで悲嘆する弘也に、少しでも楽になってほしかった。契約が白紙になってから、弘也との本格的な交際が始まった。

「でも……いま思えばあれも、私が言い出したんですよね。付き合ってください、っで」

「それは正確じゃないな」と、隈田は湯飲みに温かいお茶を注ぎ足してくれた。「これからも誘っていいですか、と言ったんだ」

自らの湯飲みにもお茶を足して、隈田は朗らかに笑う。

「俺の目の前だったからね。正々堂々としたもんだ、と感心したよ」

遥奈も笑った。——弘也と縁が切れてしまいそうで、焦っていたのだ。だから最後の話し合いの場で、ついそう言ってしまった。それだけ隈田に気を許していた、というのもあるのだが、隈田の茶目っ気を含ませた目に煽《あお》られた気もする。

仕事の縁が切れても誘いたい——お付き合いさせてもらいたいんです、と遥奈は言った。落ち込んだ弘也を一人にしたくなかった。そこまでの付き合いで、なんとなく自分が受け入れられるような気もしていた。隈田もそう感じていたから、契約が白紙に戻っても縁が切れないよう行動しろ、と遠廻しにけしかけたのだと思う。

「上手くいっていたんだろう?」

隈田に問われて、遥奈は頷いた。隈田にはそう報告していたし、実際にその通り、上手くいっていたつもりだ。

「末武くんのほうも一緒になる気があると思っていたんだがなあ」

隈田を交え、食事に行ったことも何度かある。弘也も隈田に会うのが嬉しそうだった。遥奈が隈田に祖父の影を見ていたのと同じように、弘也は隈田に父親の影を見ているようだった。

「末武くんは——三十一だったか。まだ結婚を考える歳じゃねえのかなあ。男は子供じみてるもんだからね」

遥奈は首を横に振った。

たとえば——まだ結婚は考えられない、そもそも遥奈とはそんなつもりじゃない、そう言われたのなら哀しいけれども納得する。けれども、弘也が理由として持ち出したのは、そんなことではなかった。

父親が死んで弘也は痩せた。一緒に夕飯を食べても食が進まない。一人の時にはろくなものを食べていないようで、食事だけでなく生活上のいろんなことがなおざりになっている感触があった。だから、結婚したいです、と勇気を総動員して申し出たのだ。

しかし弘也は驚いたように遥奈を見つめたあと、視線を逸らして首を横に振った。

「……駄目、ですか」

泣きそうになった遥奈に、

「君が駄目なんじゃない、僕が駄目なんだ」と弘也は理解不能なことを言った。遥奈に落ち度があるわけではなく、弘也の気持ちがそこに向かって行けない、という意味

だろうか。そんな慰め方ならしないでくれたほうがいいのに、と弘也を見つめていると、

「――僕には結婚する資格がないんだ」

弘也は辛そうに俯《うつむ》いたまま、そう言った。

「資格って――」

狼狽《うろた》えた遥奈に、

「たぶん、僕はもうじき死んでしまうから」

だから、と弘也は詫びた。

「本当は付き合ったりしたらいけなかったんだと思う。遥《はる》ちゃんを哀しませることにしかならないから。でも、会いたかったし一緒にいたかった」

ごめん、と弘也は頭を下げた。

「それ、どういうことなの？　どこか具合でも悪いの？」

遥奈の問いには「いいや」と答えた。どういう意味なのか問い掛ける遥奈に対し、哀しそうに口を閉ざし、やがて一つ溜息をついて、口を開いた。

「そうだよな……納得できないよな、こんな言い方じゃあ」

言って弘也は、遥奈を真っ直ぐに見た。

「これから奇妙な話をするけど――とりあえず黙って聞いてくれないか」

――そもそもは、僕が小学校の五年生だったときの話なんだ。

五年生の夏休み、僕は小学校の友達と川に遊びに行った。――うん、隈田さんの事務所のそばにある県境のあの川だよ。僕の家は隈田さんの事務所の上流になるね。堤防まで歩いて十分ぐらいだから、すぐ近くではないけど、川のそばだ。堤防を越えたところにある河原は子供のころから遊び場だった。そして、さらに自転車で三十分ほど川を遡ったところに、大きな堰《せき》があるんだ。知っているかな。

広い川を低い堤防で仕切ってあるんだ。堰《せ》き止められた水は堰を越えて溢《あふ》れて、下流に流れて行く。水を受けるところは広いコンクリートの床で、そこに浅い流れができてた。床の先には大きなブロックみたいなのが沈めてあって、それが並んで川を横断する河原みたいになってる。よほど水量の多いときでないと、ブロックの表面は水の上に出てる。ブロックの隙間に水が流れ込んで、そこが小さい魚や蟹の住処《すみか》になっていた。

僕たちはよくそこに遊びに行った。水量が増すと危険だし、ブロックの隙間に足を取られて溺れた子もいるって話だった。だから遊ばないように、って夏休みに入るときには必ず言われるんだけど、守るやつなんかいなかった。少なくとも、五年生のあの夏までは、みんな気にせず遊びに行ってたんだ。

その日は——少し水が多かった。いつもは対岸までブロック伝いに、足を濡らさずに渡れるんだけど、何ヵ所か水に沈んでるところがあったな。かといって足を取られるほどの水量じゃなかった。夏だったし、気にせず靴を脱いで、みんなで網を持ってじゃぶじゃぶ水の中に入っていったんだ。

ひとしきり遊んでたら、竜童《りゅうどう》くんて男の子が、わあ、って声を上げた。リュウちゃんは、僕の幼馴染みだった。同じ町内に住んでて、町内にいる同級生は僕とリュウちゃんと、もうひとり、笹井《ささい》ってやつ——ササやんの三人だけだったから、小さいころはよく一緒に遊んだ。高学年になったころには、ササやんと遊ぶことはなくなったけど、リュウちゃんとはよく遊んだかな。すごく仲が良かったわけじゃないんだけど、ずっと付き合いが続いてて同じ遊び仲間の一員だったんだ。

わあ、って声がして、振り向いたらリュウちゃんが流されていくところだった。

堰の下にあったブロックの河原、そこの途中に何ヵ所か、溝のように切れているところがあったんだ。幅は一メートルぐらい——いや、もっと狭かったのかな、とにかく子供でも飛び越えられる程度だった。溝には結構強い流れがあって、そこをリュウちゃんが流れていくところだったんだ。

リュウちゃんは「わあー」ってわざとらしく悲鳴を上げながら笑ってた。漫画みたいに両手を上げて流れていくんだ。ブロックが途切れた先は、結構な水深があるんだけど、そこまで流されたリュウちゃんは、わあわあ言いながらバシャバシャやってた。溺れてるみたいにね。

――うん。僕たちはリュウちゃんがわざとやってると思ってたんだ。実際、流されていったのは絶対にわざとだったと思う。リュウちゃんは、そういうタイプの子だったんだ。すぐに悪ノリして破目を外すタイプ。

正直、僕はリュウちゃんのそういうところにうんざりしてた。小さいころは、そこが面白かったんだけど、高学年になると鼻につくようになった。この日も、まただ、と思ったんだ。服のまま水に飛び込んで、わざと流された芝居なんかして、幼稚な騒ぎを起こそうとしている、って。そう思ったのは僕だけじゃなかったと思う。ほかのやつらも「そういうの、やめろや」と言ってたから。心配してるやつなんていなかったからね。

……だから。

だから、僕は「蟹がいる」って言ったんだ。

足許のブロックの隙間に蟹がいたのは事実で、僕はそれを捕まえようとしてた。そのときにリュウちゃんが声を上げたんだ。付き合いきれない、と思ったから、「蟹がいるぜ」って大きな声を上げて、本当はそうでもなかったんだけど、「でかい」って声を上げた。まわりのやつらが集まってきて、一緒に蟹を捕まえようとした。蟹は驚いてブロックの隙間に入り込んで――それをみんなで探して――。

少しの間、みんなが蟹のほうに気を取られて、そうして振り返ったらリュウちゃんが消えてた……。

誰も騒いでくれないのが面白くなくて隠れたんだ、と思ったよ。ほかのやつらもそう言ってたし、つまらないことしてないで出てこいや、って声をかけるやつもいた。それでもリュウちゃんは出てこなくて、きっと気を悪くして帰ったんだろう、なんて言ってたのに、岸に戻ったらリュウちゃんの靴も自転車も残ってた。

本当に溺れたんじゃないのか、って誰かが言い出して、僕らは半泣きでリュウちゃんを捜して――それで通りがかった大人に声をかけたんだ。

……リュウちゃんは本当に溺れてた。水の底に沈んでたのが見つかった。

リュウちゃんは流されて溺れた、と僕らは大人に言った。わざとだと思ったこと、だからみんなで蟹のほうに集まったことは言わなかった。べつに打ち合わせたわけじゃないけど、誰もそれは口にしなかった。

流されて――すぐに姿が見えなくなった、って。

誰も言わなかったってことは、みんな同じようなことを考えたんだと思う。あれはリュウちゃんの悪ノリで、だから蟹のほうに気を取られた振りをして無視してやれ、って。そうでなきゃ、一人ぐらい、蟹に気を取られて目を離した間に姿が見えなくなりました、って言ったと思うから。

誰も蟹の話は出さなかった。流されて、そのまま姿が見えなくなった、と言ったんだ。

……酷《ひど》い話だよね。

あの堰は危険だったんだ。過去には死んだ子もいた。ブロックの河原が切れた先は川底が抉《えぐ》られて深くなってた。しかも底にもブロックが沈んでた。川底が抉られた結果、河原のブロックが崩れて落ちたのか——そもそも最初からそういう仕様になってたのかは知らないけどね。でも、底にはブロックが沈んでて、隙間に足を取られて危ないんだってことはみんな知ってたんだ。

だから、リュウちゃんがそこでバシャバシャやってたとき、たとえそれがわざとだと思ったとしても——そして、それが事実だったとしても、危険だって心配しないといけなかった。「担がれた」って、あとで馬鹿にされてもいいから、助けないといけなかったんだ。

リュウちゃんは川で溺れて死んだ。僕らはリュウちゃんのお葬式に行ったけど、僕らも僕らの親も、リュウちゃんのお母さんに追い返されてしまった。リュウちゃんのお母さんは、なんでそんなところにリュウちゃんを引っ張っていったんだ、なんで助けなかったんだ、って泣きながら僕らを責めた。見殺しにした、死なせた、って。

――酷い？

酷いのかな。……確かに僕らは嫌がるリュウちゃんを、無理矢理引っ張っていったわけじゃない。乗り気じゃないリュウちゃんを乗せたわけでもない。そもそもリュウちゃんこそが「行こう」って真っ先に言ってたんだ。でも、リュウちゃんは溺れて、僕らは無事だった。下手に子供たちで助けようとしたら、僕らだって溺れたかもしれない、って慰めてくれる大人もいたよ。哀しいけど仕方なかったんだ、変に助けようなんて考えなくて良かったんだ、って。

それはそうなのかもしれない。けれど、僕は実際にあの場で何が起こったのか知ってる。リュウちゃんが流されたのをわざとだと思って、あえて無視した。少なくとも自分はそうだったことを僕は分かってる。リュウちゃんのお母さんが言ってたことは間違ってない。僕はリュウちゃんを見殺しにして死なせたんだ……。

――子供のしたこと？

うん、そうだね。子供のころのことなんだ。あの日、僕らは哀しいくらい子供だった。

危険な場所なのに大丈夫だと思ってた。危険だから行くなって言われてたから、行くのは特別面白いことのような気がしてた。リュウちゃんの芝居にひっかかるほど幼稚じゃない、と思ってた。リュウちゃんのほうこそ幼稚で、子供じみてて付き合いきれないと思ったんだ。危険を察知できなかった。リュウちゃんの悪ノリしがちな性格を、分かっていて呑み込めるほど大人じゃなかった。すぐに水に飛び込んで潜って捜せるほどの行動力も勇気もなかった。即座に大人に助けを求められるほどの機転も利かなかった。――本当に、どうしようもなく子供だったんだ。

僕らを責めたリュウちゃんのお母さんは、決して間違ってたわけじゃないと思う。少なくとも半分は、当たってた。けれども、遥ちゃんと同じように「子供相手なのに酷い」と思った人が多かったみたいで、結局、リュウちゃんちのほうが町内で浮いて、居づらくなって引っ越すことになってしまった。

あのとき一緒に川に行った友達とは、それきり疎遠になった。顔を合わせても気まずくて――何も話さないで、避けるようになって、それきり。

だから僕は一人で秘密を抱えているしかなかったんだ。後ろめたくて、とても怖かったよ。誰にも言えなくて辛かった。何か言われるんじゃないかと怖くて、その夏休みは家の中で遊んでばかりいた。両親はそんな僕を不憫《ふびん》がって、あちこち連れて行ってくれたり、遊んでくれたりしたよ。あんなに両親とべったり一緒に過ごした夏は、あれが最初で最後だったと思う。

僕がずっとリュウちゃんの件を引きずっていることを、両親は分かってくれていた。本当の意味は知らないままに、事故が心の傷になってて、だからこの子は暗いんだ、と思っていたみたいだね。

実際、僕は暗い子供だったと思う。ずっと後ろめたくて、周囲が気遣ってくれるとそれがいっそう後ろめたい気分に拍車をかけるんだ。友達とも疎遠になってしまった。新しい友達を作ろうとしたけど、作ろうとすること自体、事情があって友達と否応なく疎遠になった自分を意識してしまう。自分が「普通の少年」を演じているみたいな気がして、どうしてもしっくりこなかった。リュウちゃんが死んだ翌年、隣に住んでたササやんが田舎のお祖母さんのところに行って、町内には同級生がいなくなって。歳の近い男子もいないし、学校を離れたところで遊ぶ相手もいなくて、学校では新しい友達を作れなくて、それで一人遊びばかりしてる子供だったよ。

中学に入って、同級生の顔ぶれが変わって、少し環境が変わったけど、一年のときに母親が長患いして死んで、やっぱり僕は暗い子のままだった。母親が死んだあと、僕は田舎の祖父母の家に預けられた。父親は自分一人では充分な世話ができない、と思ったんだね。もう一人で家にいられる歳だったけど、父親は僕は一人でいるべきじゃない、と思ってた。辛い事故を引きずっているから、誰かと一緒にいるべきだって思ってたんだ。

そして、それは正解だったと思う。祖父母の家に行って、僕はたぶん、ずいぶんと明るくなった。普通に友達もできて、夕方までみんなと外で遊んだ。祖父母の家にいたのは二年間。父親と相談して、高校はこちらに戻ってくることにした。田舎の中学からこちらの高校を受験して、そして三年、こちらで高校に通って、それから大学に行くのに家を離れた。そのままそこで一旦は就職したんだ。だけど帰ってきた。父親が身体を壊したからね。

——これは話したと思うけど、父親が倒れたのは五年前だ。脳梗塞だった。一時は状態も悪くて、危機を脱してからもかなりの期間の療養が必要だったし、リハビリが必要だった。半年以上もかかって、ようやく自立して生活できるようになったけど、僕はとても父親を一人にしておけなかった。だから父親が退院すると同時に、こちらに帰ってきたんだ。

……という話をするのは、僕の身の上を知ってもらいたいからじゃない。これからする話を聞いてもらううえで必要だからだ。

……それは。

……それが最初に現れたのは、あの事件があった、次の夏だったと思う。

夏休みが来るのが、僕は辛かった。事故が起こったのは夏休みの初めで、だから、夏休みが来る——来たというわくわくした感じ、あの感じ自体が、嫌で嫌で堪《たま》らなかったんだ。

……そうだね、子供なのに変だね。そこまで引きずるなんて。

子供だから、忘れるのも早いよ。僕だって、何もなかったら忘れたのかもしれない。単なる事故だったらね。

でも僕は、あれが単なる事故とは呼べないことを分かってた。それを忘れるのには時間が要る。しかも友達もいなくなった。リュウちゃんのお母さんは、顔を合わせるたび僕を睨《にら》んだ。忘れさせてもらえなかったんだ。

あまり外に出なくなって、そしたら切実な辛さは薄らいだけど、今度はリュウちゃんの一家のほうが住みづらくなって引っ越してしまって、僕は余計に居たたまれなくなった。それも自分のせいだって気がして――でもそれもだんだんに薄れてきて――夏が近づいてきて、薄ぼんやりした罪悪感で気分が塞ぎがちになっていたら、ササやんの家で葬式があったんだ。

うん。隣に住んでた同級生だよ。隣といっても、向こうはずいぶん大きな家で、広い庭を隔てた隣だから、「お隣さん」って感じじゃなかったんだけどね。何年も前からなんとなく疎遠になってたし、会えば話ぐらいはするけど、親しいという感じじゃなかった。そのササやんのお祖父さんが死んで、お悔やみを言いに親と一緒に葬式に行って――会場で線香の――抹香と言うべきなのかな、あの匂いを嗅いだとたん、僕はリュウちゃんの死と葬式のことを思い出していた。いま目の前でリュウちゃんが流されていくみたいに、ものすごくリアルにあの日の光景が蘇《よみがえ》って、あのときの気分や、そのあとの葬式でめちゃくちゃ詰《なじ》られたことなんかが生々しく目の前を過ぎていった。

僕はそれで、すっかり一年前の状態に戻ってしまったんだ。それからいくらも経たずに夏休みが来て、夜、寝床に入ると「あと二日だ」とか思うようになった。リュウちゃんが死んだあの日を、「あと何日」って思って数えてしまうんだ。前日は最悪だった。何をしてても、「明日、リュウが死ぬ」って、それしか考えられなかった。頭の中でぐるぐるして、息が詰まった。明日だ、明日なんだ、って。時間を戻して止めることだってできないのに。

本当に、最低の夏だった。……その夏からだよ、ときどき、水の臭いを嗅ぐようになったのは。

べつに水場にいるわけじゃないんだ。自分の部屋だったり、学校の教室だったりした。なのにふっと水の臭いがするんだ。それも、淀んで腐ったような水の。

僕はそれを、リュウちゃんが沈んだ水の底の臭いだ、と思った。

それは夏が終わっても続いた。夏どころか、ずっと続いた。水なんてどこにもないのに、教室でも体育館でも映画館でも。ときおり、背後からふっと淀んだ水の臭いが漂ってくるんだ。最初は臭いのもとを探したけど、見つからなかった。そのたびに水の底に沈んだリュウちゃんの姿を思い出した。――そんなの、見たわけじゃないのにね。

青緑色の水の中に、藻をくっつけたブロックが沈んでて、その間にリュウちゃんが沈んで、ゆらゆら揺れながら僕を見てる――そんな光景。

夏が過ぎて秋が過ぎて冬になっても、ときどき――いや、頻繁に僕は臭いを嗅いだ。そしてたぶん、冬の盛りだったと思う。すごく寒い朝に、僕は洗面所で顔を洗ってた。寒いからお湯を使ってて、そのせいで洗面所の鏡は湯気でうっすら曇ってた。そこに、自分の顔と、背後にある座敷の景色が滲《にじ》んで映り込んでいたんだ。いつもは座敷の襖《ふすま》は閉め切ってあるし、洗面所のドアだって開け放したりしない。なのにその日はたまたま両方開いていて、それで座敷の奥の壁が見えていた。

――そして、そこにリュウちゃんがいたんだよ。

リュウちゃんは、座敷の奥の仄暗《ほのぐら》い壁の下に坐り込んでた。膝を抱えるみたいにして坐って、暗がりからこちらを見てた。

その日は強く水の臭いがしてた。排水孔の臭いなのかな、と思って顔を寄せて嗅いでみて、顔を上げたら鏡の中にリュウちゃんが見えたんだ。

驚いて振り返ったけど、実際に見た座敷には誰もいなかった。改めて鏡を見たけど、もうそこにはリュウちゃんの姿はなかった。けれども確かに僕は見たんだ。男の子が壁の下に坐り込んでこちらを見てた。半袖に短パンだったんだと思う。腕や脛《すね》が見えてた。それが青緑の斑《まだら》に染まっているのまではっきりと見た。

本当にリュウちゃんの臭いだったんだ、と思った。そして、リュウちゃんは僕を怨んでいるんだ、って。怨んで当然だと思う。僕はわざと「蟹がいる」って声を上げた……。

それからもね、何度も僕は臭いを嗅いだ。背後からふっと腐ったような水の臭いが流れてくるんだ。僕は振り返らなかった。怖くてとても振り返ることができなかった。時には寝床に入っているとき、真っ暗な部屋の中で臭いを嗅ぐこともあった。そんなとき、僕は布団を頭から被って「ごめんなさい」って繰り返しながら震えているしかなかった。

僕はずっとそういう状態だったんだよ。振り返ることができないまま中学生になって、母親が倒れた。毎日のように病室に見舞いに行ってたけど、その病室では絶え間なく水の臭いがしてた。だから僕は悪いことが起こるような気がしてた。父親も母親も、すぐに良くなって退院できる、と言ってたけど、母親は死ぬんじゃないかと思ってたし——実際、手術を繰り返すたびに悪くなって死んでしまった……。

その臭いから離れることができたのは、田舎に行ってからだ。母親が死んで、祖父母のところに預けられて、そしたら不思議に水の臭いがしなくなった。少なくとも、祖父水のない場所で背後から腐った水の臭いが漂ってくる、なんてことはなくなったんだ。だから僕は、リュウちゃんは僕の代わりに母親を連れて行ったんだ、と思った。それがリュウちゃんの復讐《ふくしゅう》だったんだって。町内にいられなくなったリュウちゃんのお母さんの、僕を睨むときの顔が蘇ったよ。リュウちゃんはお母さんの仇《あだ》を討つために、僕の母さんを連れて行ったんだ、という気がした。だとしたら母さんが死んだのは、僕のせいだ。

すごく辛かったよ。申し訳なかったし、病気で苦しんだ母親が可哀想だった。僕も苦しかったし、父親も苦しかったと思う。とても辛かったから——リュウちゃんはこれで気が済んだんだろう、と思ってた。リュウちゃんは復讐をやり遂げたんだ。僕はとても大きなダメージを受けた。きっと「ざまあみろ」と思っているだろうし、でも、それは仕方ないことなんだ、って。

なのに、高校に入って家に戻ったら、やっぱりあの臭いがしたんだ。

家でも学校でも町中でも、背後からふっと腥《なまぐさ》い水の臭いが流れてくる。背後にリュウちゃんがいるんだ、と思った。リュウちゃんは僕を許してなんかいない。ぜんぜん気が済んでないんだ、って。

その一方で、そういう考え方が非科学的だと思う程度に僕は大人になってた。幽霊なんているはずがない。リュウちゃんが僕を怨んで化けて出るなんて——復讐するなんて、そんなふうに考えるのは馬鹿げてる。

なのである日、勇気を出して鏡を見てみたんだ。

その日はすごく強く臭いがしてた。こわごわ背後を振り返ってみたけど、誰もいなかった。だからいつかと同じように、座敷の襖を開けて、あえて洗面所の扉を開けた。そうして意を決して顔を上げた。

鏡には僕の顔と、背後の座敷が映ってた。座敷の奥の壁――その下には誰の姿もなかった。誰も坐っていなかったんだ。

なんだ、と思った。やっぱり気のせいなんじゃないか。自分で自分を笑いたかった。声を上げて笑いかけて――そして僕は自分の背後に誰かがいるのを見た。

鏡の中に立った自分の背後、自分の身体の陰から子供の頭が覗いていたんだ。

それは近づいてた。たぶん廊下のあたりに坐っていたんだと思う。僕の背後、黒い髪の頭と、片方の肩と腕の上のほうだけが鏡の中に見えていた。半袖の腕は青緑の痣《あざ》のようなもので斑になってた。

――驚いて声を上げて……改めて見たら、鏡の中にはもう誰もいなかった。恐る恐る振り向いてみたけど、背後にも誰もいなかった。けれどもそれからも、僕は頻繁に水の臭いを嗅いだ。明らかに子供のころより強くなってた。

子供のころはね、離れてたんだ。洗面台の前からリュウちゃんを見た座敷の壁までは、たぶん六メートルぐらいあるんだと思う。だから、たとえば勉強机に向かってて、後ろから臭いがしたとしても、リュウちゃんは部屋の外にいることになるよね。そのせいだと思うんだ。子供のころ、リュウちゃんを見たのは洗面所の鏡で見た、あれきりだった。でも高校に入ったころには近くなってた。距離はたぶん三メートルぐらいしかないんだ。つまり、リュウちゃんは同じ部屋の中にいる。

……いるんだよ。

たとえば夜に、何気なく居間の掃き出し窓を見たら、部屋の中が映り込んでて、僕の後ろに坐り込んでるリュウちゃんがいた。膝を抱えて身じろぎもせずに坐ってる。両膝を抱え込んだ腕に顔を埋《うず》めるみたいにして、でも上目遣いにこちらを見ているんだ。

……いつも、ってわけじゃない。見えないことのほうが多い。けれども、ときどき見てしまうんだ。リュウちゃんは、ぜんぜん気が済んでいないんだ。

そんな生活を三年間耐えて、僕は別の街の大学に行った。以前、祖父母の家に行ったときには、直前に母が死んでいたし、リュウちゃんはちょっとだけ気が済んでいたんだと思う。だから田舎までは追い掛けて来なかった。けれども、高校の間は何もなかったから。だから大学まで追ってくるに違いないって諦めてた。なのに——大学にいる間は、大丈夫だったんだ。リュウちゃんは街の外までは追い掛けて来られないのかもしれない。僕はそう思ったから、極力家には帰らないようにしたし、むこうで就職もした。父親には申し訳なかったけど、父親もそのほうがいいって言ってくれた。父親はずっと——僕が単純にあの事件を引きずり続けてるんだと思ってたんだよ。辛いことを思い出すから帰ってこないほうがいいんだ、と思っていたみたいだ。帰って来いとも言わなかったし、寂しいとも言わなかった。元気でやってるならいいんだ、といつも言ってた。

けれどもそんな父親が倒れて——父親は施設に入るなりするから心配するな、って言ってくれたけど、僕はとても父親を一人で放っておけなかった。

……それだけじゃない。そのころには、やっぱり僕は、死んだ子が化けて出るなんてあり得ない、って思っていたんだよ。四六時中水の臭いがしていれば、とてもあり得ないなんて言えない。けれども大学に入って臭いから離れて、それで何年も経つと、あれは全部気のせいだったんじゃないか、という気がしていた。水の臭いは罪悪感から感じる幻臭で、それで変な幻を見てしまった——見たような気がしてただけなんじゃないか、って。

僕は一人前に働く大人だった。リュウちゃんの件を忘れることはできなかったけど、ずいぶん生々しい感じは薄れていたし、いろんな角度から評価できるようにもなってた。だから、ずっと心配をかけてきた父親に、親孝行するんだ、と思って帰ってきたんだ。

父親は、本当によくしてくれた。いまから思うと、自分の子供があんな事故を起こしてして、きっと父親にも罪悪感があったと思う。自分の息子が大変なことをしでかした――という。周囲の目だって気になったと思う。リュウちゃんの母親が僕らを責めたせいで、すっかり僕らは同情される立場になっていたけど、それでもやっぱり父親は肩身が狭かったと思うんだ。全員が全員、味方してくれたとも思えないしね。

しかもそのあと、息子は事故を引きずってる様子で、心配で堪らない。立ち直る様子も見られなくて、安心できないでいるうちに妻が倒れて。闘病している妻の心配と、僕の心配と。二つを抱え込んで、でも、一度も僕に当たったりはしなかった。

大学にいるときも、むこうで就職してからも、僕の心配ばかりしていた。元気でいるならそれでいい、って。倒れたときも、心配をかけたくない、仕事だってあるんだから、って父親は僕に何も言わなかった。実は入院したんだ、と連絡してきたのは一般病棟に移ってからだよ。様子を見に帰る、って言ったら、じゃあ今度の休みに帰って来いよ、って。そんな言い方だったから、僕はそんな程度なんだと思ってた。でも、見舞いに行ってみたら、父親は面変《おもが》わりしてた。足にも麻痺が残ってて――。なのに、痺《しび》れが取れるにはもうしばらくかかるらしい、なんて言い方をして。本当は、もう一度歩けるかどうかも分からなかったのに。ぜんぜん大したことじゃない、って顔をして、僕はそれをすっかり信じて、見舞いなんていらないぞ、って言うから、毎日電話したりメールしたりするだけで安心してた。本当はどういう状態なのか、付き添ってた叔母《おば》から知らされたのはリハビリのために転院することになってからだよ。本当は死ぬところだった、もう歩けないはずだった、だけど奇跡的に持ち直して、リハビリすれば歩けるようになるらしい、って。

僕が父親のために何かをしてやる番なんだ、と思った。それができるくらい大人になったんだから、って。いつまでも過去を引きずって幻覚に振り廻されるような歳じゃないんだ。

……でも。

……うん、そうなんだ。やっぱりリュウちゃんはいるんだよ。

仕事を辞めて家に戻ったとき、父親はまだ入院中だった。もう退院の目途は立っていたけどね。父親を見舞って、家に戻って、一息ついたら水の臭いがした。

長い間人が住んでなかったからだ、と思ったよ。たった一人の住人である父親は、何ヵ月も入院したままだった。それで家の中は酷い状態だったんだ。叔母がときどき様子を見に来てくれてはいたんだけど、充分な換気もできないから家の中は黴《かび》だらけで廃屋みたいな臭いがしてた。いたるところに鼠か何かが荒らしたあとがあって、埃《ほこり》だらけだし蜘蛛の巣だらけだし、蛇口をひねれば錆《さび》混じりの水が出るし。もともと使っていなかった座敷は、いつの間にか窓ガラスが割れてて、雨が降り込んだのか畳は染みだらけで波打ってた。本当に誰も住んでいなかったんだ、って目の当たりにした気がした。

そんな状態だったから、腥い水の臭いを嗅いだときも、当たり前だって気がしたんだ。少しだけ嫌な気がしたけど、僕はもう大人だった——大人になったんだから大丈夫なんだと思ってた。家を掃除して、飯を食って、そして風呂に入ったら、また水の臭いがしたんだ。

風呂場で水の臭いがするのは当然だ。特に家の中は酷い有様だったから、風呂場が臭っても何の不思議もない。でも、湯船から上がって、俯いて髪を洗っていたら、自分の身体と腕の間に子供の足が見えたんだ。

濡れたタイルの上に、濡れた子供の足があった。脛にも素足の足の甲にも薄紫や青緑色に死斑が浮いてた。それが僕の、すぐ斜め後ろにあったんだ。リュウちゃんはさらに近づいてた。

本当にすぐ後ろだったんだ。ほとんどぴったり後ろにいる、という状態だった。僕は頭を洗いかけたまま、顔を上げた。鏡があった。古い鏡はもともと斑になっていて、しかもそのときは湯気ですっかり曇っていた。僕は迷いながら、もう一度自分の背後を覗き見た。やっぱり子供の足があった。じっとそこに坐り込んだまま動かないでいる。それでシャンプーの泡だらけだった片手を伸ばして、鏡の表面を撫でたんだ。曇りは取れたけど、泡を塗り広げただけだった。塗られた泡がすぐに鏡の表面を流れ落ちて何も見えなくなった。けれども見えなくなる前の一瞬、縞《しま》模様を描いた泡の間に、僕と僕の背後が映っているのが見えた。僕のすぐ後ろに黒い髪の頭があって、そして僕の肩に小さな子供の手が置かれようとしていた。背後から伸ばされた手が、指を開いて、いまにも肩に触れそうな位置に見えたんだ。

僕は声を上げて振り返った。振り返ったときにはもう、誰もいなかったよ。そしてあの臭いも消えてた。

でも、それからもいるんだ。ずっと——いる。リュウちゃんはうんと距離が近くなっていて、だからかえって、暗い窓を見ても、立った状態で鏡を覗き込んでも見えないんだ。すぐ背後に坐っているから。その代わり、俯いたり、物を拾うために屈《かが》み込んだりすると足が見える。濡れて死斑の浮いた子供の足が、僕のすぐ後ろにある。

……リュウちゃんはずっと家にいたんじゃないかな。僕が出ていったから、代わりに父親に取り憑いてたんだと思う。それで父親は倒れた。たまたま人が居合わせてくれて、すぐに救急車で運ばれたから助かったけど、本来なら死ぬところだった。僕の代わりに死ぬところだったんだ。だから、僕はもう逃げるわけにはいかないんだ、と思った。僕が逃げ出したら、今度こそ本当に父親が殺されるんだ、って。

でも結局、父親は死んでしまった。僕はとうとう、恩返しできないままだった。それればかりじゃなく、父親が家で転んだのは、本当に事故だったんだろうか、と思うことがある。僕のせいで死なせてしまったんじゃないだろうか。

……そして、僕はもう一人だ。すぐ足許にリュウちゃんがいて、僕を待ってる……。

遥奈が話を終えるまで、隈田は難しい顔をしたまま黙りこくっていた。途中、若い大工が顔を出したが、深刻そうな空気を嗅ぎ取ったのか、そそくさと事務所を出て行った。

「隈田さん、幽霊とかそういうの、対処されることがあるんですよね……？　そういう噂を聞きました」

隈田は腕組みをして頭を振った。

「俺じゃない、出入りしてる若いのだ。……だけど、奴もどうだろうね。奴は営繕屋なんだよ。家に障りがあれば直す。けども――」

「その人に、相談だけでもできないでしょうか。紹介してくださるだけでも」

「紹介するのはお安い御用だが。だけど、こればっかりはなあ……」

遥奈は必死に頭を下げた。弘也は次こそは自分の番なのだと思っている。何もかもを諦めたふうなのが不憫で辛かった。

ようやく隈田の了解を得て、それから五日後、遥奈は弘也を伴って夜に隈田の事務所を訪ねた。そこには隈田とともに、何度か現場で顔を見たことがある若い男が困惑した表情で待っていた。

よろしくお願いします、と遥奈が頭を下げると、尾端《おばな》と名乗った男は、さらに困り果てた顔をした。

「隈田さんに事情はお聞きしましたけど……たぶん私ではお役に立てないと思うんです。助けて差し上げたい気持ちはやまやまなんですけど」

何か方法はないだろうか。誰か助けになりそうな人を知らないだろうか。食い下がろうとする遥奈を、弘也がそっと制した。

「無理を言ったら申し訳ないよ。これは仕方のないことなんだ」

「そんな──でも」

済みません、と頭を下げた尾端は、

「ただ……ちょっとだけ気になることがあるんですが、末武さんに質問させてもらってもいいですか？」

どうぞ、と弘也は尾端を見た。

「臭いがするようになったのは、事故があった翌年の夏？」

「そうです」

「それまではなかったんですか？　一度も？」

弘也は思い返すように首をかしげ、

「……だと思います。単に気づかなかっただけかもしれませんけど」

「実際に排水孔なんかが臭うことってありますよね？　それと違いはありますか？」

「違います。臭いそのものも違いますし、臭い方も違います。上手く表現できませんが、排水孔が臭ったりするのより、さらに腥い臭いです。単に水が腐っている——というより、水と腐った物の臭い……みたいな。それに、排水孔なんかの臭いは慣れますよね。鼻が慣れてしまって、だんだん臭いを感じられなくなる。それとは違って、唐突にぶわっと臭いが来て、突然消えます。だから僕自身は、どちらか迷うことはありません。すぐに分かります」

「だったら、その夏以前に臭いがしていたら、分かるはずですよね……」

「だと思います」

「それがどうかしたかい」と、隈田が尾端に訊いた。

「いいえ、具体的に何がどう、というわけじゃないんですけど、一年タイムラグがあるのが釈然としなくて。事故で死んだ子が原因なのだったら、なぜ一年後なんでしょう」

「遠かったのかもしれません」と、弘也は答えた。「だんだん近づいていますから」

そうですね、と尾端は呟《つぶや》いて、

「田舎に行っている間と、大学に行って就職していた間――その間には、まったく臭いはしませんでしたか？」

「した記憶はないです」

「たとえば、帰省したときは？　帰省して家に帰ったときはどうだったでしょう」

「ほとんど帰省はしてないので……」

言ってから、弘也は少し首をかしげた。

「田舎にいたときは、僕も戻りたいとは思わなかったし、父親も戻れとは言いませんでした。お盆や正月、連休なんかは父親が来ましたし――父親の実家でしたから。僕一人では帰る術《すべ》もなかったので、一度も帰省はしていません。戻ったのは受験の前ぐらいで、たしか一泊だけ。そのときには臭いはしませんでした」

「臭いの頻度はどれくらいですか？」

「続くこともありますし、日に何度も嗅ぐこともありますが、しばらくないこともあります。それでもひと月以上、一度もないということはなかったと思います」

ひょっとしたらもう終わったのじゃないかと、期待してしまうほど間隔が開くことがあったが、もう終わったんだと一時にせよ安心してしまえるほどに開いたことはない、という。

「大学以降はどうです？」

「あまり帰ってくることがなかったんです。帰省しなかったわけではないんですが、戻るのは田舎の祖父母の家でした。盆正月が主ですから。大学のときに祖父が死んで、就職してから祖母が死んで、それからは、毎年、盆正月は父親と旅行に行ってました。戻らなくてもいいよう、父親が気遣ってくれたんだと思います。大学生のころは、それでもたまに戻ってきていましたが、せいぜいが一泊で、その間に臭いを嗅いだことはないと思います。就職してからは盆正月以外で帰省するような暇がなかったので――」

弘也が答えると、尾端は考え込んだ。

「それが……何か？」

遥奈は訊いた。何か――少しでも取っかかりがあれば。

「なんだか……お話を聞いていると、それは自宅の周辺に固定されているように思えるんです。末武さんも言っていたように、この街の外には出て行けないのかな……」

言ってから、尾端は、

「家の外でも臭いはするんですね？　家の中と外で何か違いはありますか？」

弘也は少しの間、考え込むふうだった。

「特に違いはありません。ただ、改めて思い返すと、頻度は外のほうが少ない気がします」

そう言ってから、

「そうか……臭いはどこでもするけど、姿を家の外で見たことはないです」

尾端は眉を顰め、

「ひょっとしたら——家に固定されているのかな」と呟くように言ってから、「旅行先はどうです？　高校生のころ……たとえば修学旅行などは？」

弘也ははっとしたように、

「そう言えば——ないです。いまも出張先で臭いを嗅いだことは、ない」

尾端は頷き、

「お宅を見せてもらってもいいですか？」

遥奈は久々に弘也の自宅の前に立った。何の変哲もない古びた一軒家だ。リフォームの打ち合わせをしていたころは頻繁に来ていたが、計画が白紙に戻ってからは、あまり来ることがなかった。会うのは専ら外や遥奈のアパートだった。弘也は家にいるのが辛いふうだった。リフォームが父親の死に間に合わなかった、そのことで心を痛めていたから。

尾端は建物を見上げ、そして家の左右を見た。一方は小さいけれど小綺麗な寺で、もう一方は築十年程度のアパートだった。

「このお寺が幼馴染みの家ですか？」と、尾端は本堂の大屋根を見上げながら訊いた。

「いいえ。それはこっちです」と、弘也はアパートのほうを指差した。

「笹井くんの家は、もともとは大きなお屋敷だったんです。いまから思えば相続の関係じゃないかな、ササやんのお祖父さんが亡くなったあと、向こう側の道路に面した部分を売ったんです。築山とか池のある立派な庭でした」

建物も古くて立派な屋敷だったという。弘也の家の側は裏庭で、小さな竹林などがあったらしい。だが、十年ほど前に母屋のあった場所を売り、裏庭を造成してアパートを建てた。笹井一家はそのアパートの一階に住んでいるのだという。

「どうぞ」と、弘也は隈田と尾端を家の中に招いた。

古い家の中は静まり返っていた。冷え冷えとしている――と遥奈は思う。遥奈が打ち合わせのために通っていたころは、まだ父親が存命だった。足は不自由だったが穏やかな人物で、包容力のある温かな人柄だった。

玄関を上がるとき、遥奈は上がり口の手摺《てすり》に触れて切なくなった。家中に父親のため、弘也は手摺を取り付けていたが、上がり口の手摺がグラグラしていた。取り付けた壁のほうが弱くてネジが利いていなかったのだ。それに気づいた遥奈が、次に来たときに板を張って付け直した。いまの会社に勤めるようになって、現場に通ううちに覚えるつもりもなく覚えて、そういうちょっとした大工仕事が得意になった。しっかり付け直した手摺を握って、弘也の父親はとても喜んでくれた。立派なもんだね、と誉められたことが思い出されて切なかった。――そんなふうに、いろんなことが思い出されるから、弘也は家にいるのが辛いのだろう。そう思って弘也のほうを見ると、弘也は土間で顔を強張《こわば》らせていた。

「……いま、臭いがしてます」

低く押し殺した声で言った。咄嗟《とっさ》に、遥奈は弘也の背後を見た。狭い三和土《たたき》を隔て、背後には模様ガラスの入った玄関戸が閉じている。弘也の足許――すぐ背後、ガラス戸越しに見える玄関ポーチ――視線を移動させても何の姿も見えない。弘也の足許には白熱灯に照らされてできた淡い影が蟠《わだかま》っているだけだった。臭いもまた、しなかった。古い家の匂いはするが、水の臭いは感じない。

言葉もなく遥奈と隈田、尾端が見守る中、弘也はこわごわ、というふうに頭を俯けた。自分の足許、すぐ後ろを見る。

「……いるのかい？」

隈田が緊張した声で問うた。

「いえ……いまは見えません」

弘也の顔は血色を失くしていた。全身に強い緊張と不安が漂っている。ずっとこれに一人で耐えてきたんだ——と思うと遥奈は堪らない心地がした。

「座敷と洗面所を見せてください」

尾端が言い、弘也はそれで金縛りから解かれたように動き出した。廊下へ上がり、先に立って案内する。

ここです、と襖を開くと黴の臭いが漂う座敷だった。床の間と押入のある八畳間。笹井家側に掃き出し窓があり、外に縁台があるが、長い間誰も使っていないので、遥奈が通っていたころ、すでに縁台は朽ちていた。尾端は部屋の中に入り、荷物を積み上げた周囲を見廻す。

「いまは物置代わりに？」

「ええ。ダイニングの隣に六畳の和室があって、そこが居間だったんですが、父親が入院から帰ってきたとき、そこに電動ベッドを入れて父親の寝室にしたんです。仏壇と必要なものだけ残して、ほかの荷物はここに」

尾端は頷いて畳を踏む。

「沈みますね」

「床板が傷んでいるんです」と、遥奈が代わりに答えた。「大引《おおび》きは保《も》ってるんですけど、根太《ねだ》が折れてる箇所があって、床板が裂けてるんです」

「大引きは保ってる？　束《つか》は？」

尾端は怪訝《けげん》そうにした。

「束も問題ありません」

遥奈は答えた。弘也の父親が入院している間に窓が割れたらしい。隣から竹が何本か倒れ込んでいたというから、台風の時にでも倒れて割ったのだろう。雨が降り込んで畳がすっかり波打っていたというが、遥奈が見たときにはガラスは塡《は》め直され、畳も多少歪んではいるが乾いていた。ただ、踏むと沈む箇所があって、それで現場担当者と畳を捲《めく》ってみたことがある。畳の下に敷かれた床板が二枚ほど裂けていた。裂けた床板を外してみると、床板を支える桟のような根太が一本、折れていた。根太を支えているのは大引きという太い木材で、これを地面から持ち上げているのが束だ。根太が折れているということは、大引きか束がシロアリに喰《く》われるなどして傷んでいるのだろうと思ったが、不思議なことに大引きにも束にも問題はなかった。

「それは妙ですね」

「担当者も首をかしげていました」

床を捲りましたか、と担当者が訊いていたのを思い出す。弘也と父親の答えはもちろん否だった。

「床板が腐っていた？」

「いえ、腐っている感じではなかったです。雨が降り込んだせいか染みは残ってましたけど、腐れは入っていませんでした」

無理矢理剝《は》いだみたいな跡なんだがなあ、と担当者が言っていたことを思い出した。

「どこですか？」

ここです、と遥奈は示した。いまも踏むと足許が沈む。どうせ使っていない部屋だし、じきにリフォームするからと、特に修理はしていない。見てみますか、と言いたかったが、問題の箇所に敷かれた畳の上には荷物が載っている。畳が上げられるよう荷物をどかすのは簡単ではないので思いとどまった。

尾端はまるで畳の下を見透かすようにじっと足許を見つめている。遥奈が怪訝に思って見守っていると、ふっと顔を上げて掃き出し窓へと向かう。窓から外を覗いた。

狭い庭を隔て、隣にあるアパートが見えていた。かつてはそこに垣根があったというが、それはとうに跡形もない。代わりに殺風景なブロック塀が立ち塞がっていた。隣がアパートを建てる際に築いた塀らしい。塀の上、向こう側にアパートのベランダが見えていた。

「ずいぶん空室が多いですね」

遥奈は改めてアパートを見た。二階には六部屋が並んでいるが、明かりの点いていている窓は一つしかない。ほかは留守なのでは、と思ったが、よくよく見るとカーテンのある窓そのものが二つしかなかった。明かりの点いている部屋と、点いてない部屋。四部屋が空室らしかった。

「一階に笹井さんが住んでいるんですが……笹井さんは少し変わった人で」

弘也が小声で言った。

「それで住人が居着かない、という話です」

「幼馴染みの御両親？」

「そうです。昔から少し変わったところのある人たちだったんですけど」

亡くなった祖父は地元でも頼りにされていた人物で、町内会の会長なども務めていた。弘也も、頑固でおっかないところがあるが、面倒見のいいお爺さんという印象だったという。

「もともと由緒のある家だったらしいです。昔はずいぶんな羽振りだったと聞いたことがあります」

「幼馴染みはお祖母さんの家に引き取られた――という話じゃなかったですか？」

「あ、はい。お母さんの実家が北陸か――そのあたりにあって、そこに行ったらしいです」

弘也は言って、少し苦笑めいて笑った。

「詳しくは知らないんです。あのころはもう、ほとんど付き合いがなかったので。ササやん自身が社交的な性格じゃなかったうえ、あまり外に出てこないタイプで。僕もあえて遊びに行ったりすることはなかった。それは、御両親のせいもあったと思います。なんていうのか……感じが悪かったんですよ。だから僕だけじゃなく同級生の間でも、近所の子の間でも、ササやんの家をなんとなく避けるみたいな空気がありました」

「乱暴だとか？」

「いえ、乱暴な振る舞いをしたりすることはないんですが——いや、旦那さんのほうは、酔うと絡む癖があるので、ときどきトラブルになったりするみたいですけど。でも、基本的に穏和《おとな》しい人たちなんですよ」

ただ、父親は酒癖が悪いだけでなく、常識に欠ける振る舞いが多かった。その妻も夫に輪をかけて常識がない、と近所では有名だった。そういう性向を子供ながらに違和感として感じ取っていたのだろう。

「車で、停めてある自転車を引っかけても謝りもしなかったとか、人の家の庭に勝手に入って柿を捥《も》いでいくんだ、とか。しかも、借金を作って返済に困ると、隣近所に押し掛けてきて貸してくれって言うんです」

職に就いても長続きせず、博打《ばくち》も好きなので常に金に困っているふうがあった。

「アパートがあるんで定期収入があるはずなのに、店子にまで借金を申し出るんで、店子のほうが困ってる、なんて話を聞いたこともあります」

遥奈は呆れた。それでは空室が多いのも当たり前だ。空室があればせっかくアパートがあっても収入は減る。それでますます金に困る——ということではないのだろうか。

「お祖父さんがいる間は、ずいぶんお祖父さんが借金を被った、みたいな噂も聞きました。ずっと屋敷が広いんだから売ればいい、と言っていたんですけど、お祖父さんが反対してて。だからお祖父さんが亡くなったら、あっと言う間に向こう側を切り売りしてしまいましたね。親父さんはさぞかしあの世で嘆いているだろう、なんて言われてたようです」

尾端は難しい顔をして耳を傾けていた。

「ほかにも、ゴミ出しのルールを守らない、とか。町内会費を払い渋ったり、回覧板が廻ってきても次に廻さなかったり。役職が廻ってきてもちゃんとやらないんです。だったら町内会から抜けてくれればいいのに、それもしない」

些細なことだが近所の住人との軋轢《あつれき》が絶えない。常に苦情の種になっている、という。

「あと——ここから少し行くと川沿いの堤防に出るんですけど、そこに大型ゴミを不法投棄するのを何回も目撃されて、そのたびに問題になってます」

　言ってから、弘也はふっと苦笑した。

「父親が、それで怒ってたことがありました。勤めからの帰りが深夜になって、堤防を通り掛かったら、笹井さんが大きなトランクを捨てようとするところだったんだそうです。父親は滅多に人に怒ったりする人ではなかったんですが、さすがにそのときは怒鳴って、そうしたら慌ててトランクを車に乗せて去っていった、と言っていました」

　尾端は顔を上げた。

「それは、いつごろの話です？」

「たしか――夏だったと思います。ちょうどお祖父さんが亡くなった前後――あとだったかな。そう、直後です。僕が最低の気分だったころだから」

「分かりました」

　尾端は妙にきっぱりと頷いてから、

「手伝ってください。畳を上げます」

　遥奈は唐突な話にぽかんとした。弘也も、隈田も同様に虚を衝《つ》かれた顔をしていた。

「荷物の移動をお願いします。私は道具を取ってきます」

　意味が分からずに顔を見合わせている間に、尾端は車に戻ってドライバーと懐中電灯、そしてシャベルを持ってきた。遥奈たちが動けないでいるのを見るや、率先して荷物を動かし始める。慌てたように隈田がそれに続き、弘也と顔を見合わせた遥奈がさらに続いた。いくらもせずに荷物が廊下に出ると、ドライバーを縁に差し込んで畳を上げる。防虫シートの下から裂けた床板が現れた。それは道具を使うこともなく外れた。二枚を剥がすと、下から折れた根太と乾いた地面が現れた。昔の建物なのでベタ基礎ではないし、防湿シートのようなものも張られていない。

尾端は中に飛び降り、開口部の縁に点灯したままの懐中電灯を置いてシャベルを手に取った。それを見たとき、遥奈はぞわりと背筋に悪寒が走るのを覚えた。

尾端は床下を見渡し、開口部の真下ではなく、少し外れた場所——開口部の縁で床板がかかったあたりにシャベルの刃先を入れた。

ざくり、という音を聞いて、足が震え始めた。いまになって、尾端が何をしようとしているのか朧気《おぼろげ》に分かった。それが何を意味するのかも。まさか、と背筋を伝い降りた悪寒は、尾端がシャベルを使うごとに細かな震えになって足先から膝、腰へと這い上がってきた。いつの間にか、遥奈は弘也にしがみついて全身を震わせていた。

予感のせいか、水の臭いがした。濃く腥い水の臭い。……気のせいだったに違いない。けれどもその臭いは、しがみついた弘也と自分のすぐ後ろ——足許から立ち上ってくるように感じられてならなかった。

すぐに尾端がシャベルを止めた。懐中電灯を取って掘ったばかりの穴を示す。そこにはどす黒く角張ったものが覗いていた。

尾端は弘也を見上げた。

「末武さん――お父さんが見たトランクが、これだと思います」

夜の住宅街は騒然としていた。遥奈は隈田の上着を握って隈田のバンの後部座席に坐っていた。弘也の家は、内部で強い照明が焚かれ、窓から白々とした光が漏れていた。集まったパトカーの赤い回転灯が周囲を不安な色味で明滅させている。

ついさっきまで、どういうわけか涙が溢れて止まらなかったが、隈田に背中をやんわりと叩かれるうちにようやく落ち着いてきた。

「……済みません。なにも泣くようなことじゃないのに。……変ですね、私」

いいや、と答えた隈田の声は温かかった。

「とんだことに巻き込んでしまって、ごめんなさい」

「巻き込まれたのは嬢ちゃんも同じだろう。みんな巻き込まれたんだ。仲間みたいなもんさ」

トランクの中を覗いたのは、尾端と隈田だった。すぐさま警察を呼ぶように、と二人が言って、遥奈はその場に腰を抜かした。膝が笑って立てなかった。

「……ありがとうございました」

「俺は何もしてないよ」

そんな話をしていると、家から尾端と弘也が出てきた。警察の指示で家の前の駐車場から移動させ、路上に停めてあったバンに二人が戻ってくる。

「大丈夫だった……？」

遥奈が真っ先に弘也に訊くと、弘也は、うんと頷いた。

「床が沈むんで相談したら、見つけてしまった、って――隈田さんに言われた通りに言ったら、とりあえず聞いてもらえたよ」

そう、と遥奈は息を吐いた。背後で水の臭いが――なんて言ったら、かえって警察に疑われるのじゃないかと不安だった。それでなくても弘也の家の床下から出てきたのだ。弘也や亡くなった父親が疑われても不思議はない。

「あれは、いったい……」

「ササやんなんだと思う」と、弘也は言って尾端を見た。尾端は頷いた。

「子供だったようなので、間違いないでしょうね」

遺体はほぼ白骨化しており、しかも損傷が激しかった、という。心当たりがないかと警察に問われ、子供のころ、隣の笹井家にいた同級生がいなくなった話はしておいた、という。両親は田舎に預けたと言っていたが、それきり消息を聞いたことがない――と。

「尾端さん」と、弘也は尾端に向き直った。「僕が見ていたのは、リュウちゃんではなくササやんだったんでしょうか」

「だと思います」

尾端は言ってから、

「事故があってから一年のタイムラグをおいて臭いがするようになった――やっぱり、これは変だったんです」

しかも弘也が街を離れると、臭いは消える。外よりも家の中のほうが現れる頻度が高い――これを考え合わせると、それは弘也の家の周辺に何か原因があるのではないかと思われた、という。

「犯人は……やっぱり」

「埋めたのは笹井さんでしょう。そもそもは捨てるつもりだったんだと思います。まさか堤防や河原にそのまま放置するつもりだったとは思えないから、川に沈めるつもりだったんじゃないでしょうか」

「それを父親に見られて、慌てて持ち帰った……」

「でしょう。空のトランクを捨てるだけなら車で運ぶ必要なんかありません。深夜ですし、歩いて行ける範囲内ですし。何か重いものが入っていたんじゃないでしょうか」

「それがあの年──事故の一年後」

「ちょうど、幼馴染みが母方のお祖母さんの家に預けられたころです。そして父方のお祖父さんが亡くなった直後」

「でも、なんで僕の家に」

尾端は軽く首をかしげ、これは想像に過ぎませんが、と前置きをしてから、

「そもそも、あの子がなんで死んだのかは分かりません。ただ、何かしらの事情がなければ死体を隠したり、田舎に預けたなんて言う必要はありません。事故にせよ、事故以外のことにせよ、犯人には後ろ暗いところがあったんだと思います」

彼らは死体の処置に困り、それを川に捨てようとした。そのためトランクに入れて運んだのだが、それをたまたま目撃されてしまった。

「彼らは慌ててそれを持ち帰り、とりあえずそのまま庭に埋めたんだと思います。そして田舎に預けた、と説明した」

為人《ひととなり》のせいで孤立しがちな家だったので、それでなんとかなったのだろう、と隈田が感慨深そうに言った。

「そうですね。ただ──完全に誤魔化せたわけではないようです。さっき、警察の方

が言っていましたが、問い合わせてみたら、児童相談所レベルで、笹井さんの家の子供が学校に来ていない、と問題になったことがあったんだそうです。転校した様子もなく、所在が分からない、と。ただ、当時はまだ児童相談所に踏み込んだ調査をする権限がなかった。警察とも連携を取ることができなかったんです」

他府県にある田舎に預けた、それから没交渉なので分からない、と言われると、それ以上は追及しづらい状況だった。

「処置に困って一旦は庭に埋めたものの、笹井家は土地を切り売りすることにしました。宅地にされて工事されればトランクごと埋めた死体が見つかるかもしれない——それで彼らはそれを掘り出して、今度は裏庭に埋め直したんだと思うんです」

遥奈は、はっとした。それがたぶん、弘也が田舎に行っているころ。田舎から戻ってきた弘也の背後にいた子との距離が縮まったのはそのせいだったのではないか。——実際に、距離が縮まったから。

「ところがのちに、笹井家はさらに自宅を売り、裏庭部分にアパートを建てることにした。裏庭に埋めた死体を移動させなくてはなりません。ちょうどそのころ、末武さんの家はお父さんが入院して無人だった。窓ガラスが割れていても修理される様子もない。この隙に床下に埋めてしまえば、他人の家のことですから万が一発見されても知らん顔ができる。二度も移動を余儀なくされて、彼らもそれにうんざりしていたでしょう。よそに埋めてしまえば二度と関わらなくて済む。そう考えたんだと思います」

「……酷い」

遥奈は呟いた。それは不要になったトランクの話じゃない、自分たちの子供の遺体の話だ。

尾端は同意するように頷き、

「彼らは末武さんの家に忍び込んで畳を上げ、床板を強引に剥がしてトランクを埋めた。穴を掘るため、邪魔になるから根太を折ったんでしょう。大引きに問題がないのに根太が折れて床板が裂けていたのは、誰かが床下に入るためにあえてそうしたのだとしか考えられません」

その子は弘也のすぐ足許にいた。——文字通り、足許にいたのだ。

「でも、なぜ弘也さんの前に現れていたんでしょう？」

「見つけてほしかったんじゃないですか」

尾端は言って、複雑そうに笑《え》んだ。

「町内に三人しかいない同級生、でしょう？　しかも敬遠されがちだった。友達が少ない子だったのではないですか？　数少ない友達が幼馴染みの末武さんだった」

弘也は頷いた。

「ササやんにしたら……そうかもしれません」

「ある種のシンクロ——みたいなものもあったのかもしれませんね。末武さんが見た足は、濡れていたというから、水に関係のある事故で亡くなったのかもしれません。だとしたら、そもそもその子を最初、川に捨てようとしたのも、末武さんが遭遇した事故に影響された可能性がある。同じ町内の同級生が川で溺れた——だったらこの子も溺れたことにすればいい、というような」

遥奈は頷いたが、もっと怖い想像もしていた。事故に影響された笹井夫婦が、最初からそのつもりで故意に息子を溺れさせた可能性——。

本当に……酷い話、と遥奈は口の中で呟いた。本当のところがどうなのかは、この先、明らかになるのだろう。さっき、笹井家のほうに複数の警察官が向かうのが見えた。

「見つけてほしくて存在を訴えるために出てきていたのなら……もう現れなくなるのかしら……」

遥奈が誰にともなく問うと、ほかならぬ弘也が、うん、と頷いた。

「ありがとう、って言ってた」

えっ、と声を上げて、遥奈も隈田も、尾端までが弘也の顔を見た。弘也は切なそうに微笑む。

「さっき、警察を待つ間、穴の縁に立っていて——そしたらまたあの臭いがしたんだ。

目線を下げたら子供の足が見えた。いつもは坐っているんだけど、しっかり立っていたよ」

そうしたら、声が聞こえたのだという。ありがとう、と。

「いままで気がつかなくてごめんな、と言ったら、返事はなかったけど。足が——後ろを向いて離れていった……」

そうか、と思った。遥奈は弘也の手を握った。

「……僕はリュウちゃんを助けられなかった。ササやんだって助けることはできなかったんだけど……でも」

弘也はそれ以上を言わなかった。遥奈は弘也の手を握った手に力を込めて頷いた。

「……遅くなったけど、見つけてあげられて良かったね」

うん、と握り返してきた弘也の手が温かかった。

まさくに

樹《いっき》がそれに気づいたのは、祖母の家に引っ越してきて一月が経ったころのことだった。

勉強部屋として宛《あて》がわれた六畳間、そこにあった押入の上の段。

樹がそもそも押入に潜り込んだのは、そこを寝床にすれば落ち着けそうだ、と思ったからだった。父親や母親が誤解しているように「秘密基地ごっこ」がしたかったわけではない。樹はこの春、六年生になった。さすがに押入を秘密基地に見立てて悦に入るような気分にはなれない。樹の動機はもっと切実だった。引っ越す前に住んでいたマンションの部屋とは違い、祖母の家の部屋にはしっかりした壁もドアもなかったのだ。

父親の郷里で一人暮らしていた祖母が、転倒して骨折したのは昨年暮れのことだった。家の中で、ちょっとした段差に躓《つまず》いて転んだのだが、歳のせいで骨が脆《もろ》くなっていたらしい。腰の骨を折る大怪我《けが》になってしまった。祖母は入院して手術することになった。手術が済んでもリハビリに時間がかかる。時間をかけても、歩くのには杖《つえ》が必要になるらしい。それで父親はこの春、転職して郷里に戻ることにしたのだった。

樹自身、引っ越すことに抵抗はなかった。樹は祖母が好きだったし、父親の郷里である古い城下町も気に入っていた。「友達と離れるのは寂しいでしょ」と、母親は何度も強調して「樹が可哀想《かわいそう》」と言ったけれども、どのみち六年生になれば、みんな中学受験の準備で一緒に遊ぶ暇などなくなるのだ。受験が終わればそれぞれが選んだ中学に進んで別れてしまう。一年早いか遅いかの違いしかないのだから樹は一向に構わない。ただし、一つだけ問題があった。家が古いことだ。

祖父が死んだあと、祖母が一人で暮らしていた家は古かった。最近では古民家などと言って、恰好《かっこう》の良い古い家が紹介されたりするけれど、そんな洒落《しゃれ》たものではない。大昔に建てた家を増築や改築で継ぎはぎして、単に古くて暗くて不便な家になっていた。

ちゃんとした部屋もない。樹に割り当てられた六畳間の三方のほとんどは襖《ふすま》で、一方は障子《しょうじ》で区切られていた。襖の一つは押入のもの、残る二つは隣の部屋に通じており、障子の向こうは裏庭に面した縁側だった。縁側と押入はともかく、襖みたいな頼りない間仕切りで隣の部屋と繋《つな》がっていると、どうしても個室という気がしない。しかも、一方は居間でもう一方は両親の部屋だ。自分の部屋なのに、何もかも筒抜けになっている気がして落ち着かなかった。

——実際のところ、と樹は思う。漫画を読んでいてもゲームをしていても、すぐに母親に気取《けど》られてしまう。気取られたって構わないのだけど、すると母親の機嫌が悪くなる。以前はそんなに煩《うるさ》くもなかったのに、引っ越してからというもの、田舎には私立中学も良い塾もなくて、都会の子よりうんと後れることになるのだから以前の何倍も頑張らないと、と口煩く言う。

たぶん本当のところ、母親は引っ越したくなかったのだろう。母親が樹の前で「引っ越しは嫌だ」と言ったことは一度もなかった。けれども、母親が引っ越しを歓迎していないことは樹にも分かる。住み慣れた街を離れるのも、親しい人たちと別れるのも、父親が転職するのも、何もかもが嫌だったのだ。そのせいだろう、引っ越してから母親は慢性的に機嫌が悪く、父親との諍《いさか》いが絶えない。樹はそれが堪《たま》らなかった。

両親が口喧嘩《げんか》めいた言い合いをしているのなんて聞きたくなかった。母親が、当てこするように皮肉を言って遠廻しに父親を責めるのも嫌だった。さらには入院している祖母まで責める。見舞いに行くと何も言わないのに、家では「おばあちゃんたら」

と不平を口にする。家が汚い、荷物が多い、頑固だ、と陰口を聞くたび、苦いものを口に放り込まれたような後味の悪さがいつまでも残った。

――一人になりたい。

ちょっとでいい、何も聞こえない場所に閉じ籠《こ》もってしまいたいのに、その場所がない。

母親が父親に向かって皮肉を言う声で目が覚めて、溜息《ためいき》をついて起き上がり、畳の上に敷いた布団を押入の中に仕舞おうとして思いついた。

――押入の中に寝場所を作れないかな。

ベッドではなく、布団で和室に寝る生活は不便だった。特にいまは。朝御飯を食べるのが少しでも遅くなると、母親の機嫌が悪くなる。朝御飯を食べるためには、さっさと起きて着替えなくてはならず、同時に布団を上げなくてはならなかった。押入の上段に布団を敷いたままにすれば、ロフトベッドみたいだし朝の支度も早くなる。襖を閉め切れば個室みたいな気分にもなれる。我ながら名案だ、と思った。恐る恐る両親に提案すると、父親は「秘密基地みたいだね」と笑って、自分もそういうのに憧れたものだ、と言った。母親も「男の子はそういうのが好きよねえ」と呆れたように言っただけで珍しく笑ってくれたので、樹は自分でテーブルタップを押入の中に引き込んで、上段に自分の寝床を作ったのだった。

部屋の襖を閉めて押入に潜り込むと、居間の声は聞こえなかった。スタンドの明かり一つしかない狭い空間で、やっと樹は息をついた。安心できる巣穴を得て、新しい生活にやっと馴染《なじ》んだころ、何気なく見上げた天井に隙間を見つけたのだった。

押入の壁と天井の間、天井の板が持ち上がるようにして、ほんの少し隙間が開いていた。興味を惹《ひ》かれて樹は中腰に立ち上がった。隙間を覗《のぞ》こうとしたら、頭が当たって天井板が動いた。どうやら天井板の半分はきちんと留められていないようだった。天井板を片手で持ち上げて立ち上がると、樹の首から上だけ天井の上に出た。そこには広い天井裏の空間が広がっていた。

二方から斜めに駆け上がり、上のほうで合わさった壁、そこに縦横に走る材木。薄暗い大空間にはどこからか光が漏れ、ぼんやりと射す明かりに埃《ほこり》がきらきらと輝いていた。

——天井裏って、こんなふうになっていたんだ。

初めて見た光景は、どこか荘厳に感じられた。

一息に天井裏によじ登ることは可能だった。けれども、周囲は埃だらけだし、天井を踏み抜いたら大事《おおごと》になりそうな気がする。服を汚せばまた母親を不機嫌にしてしまうだろう。

そう躊躇《ちゅうちょ》していたら、すぐ上の太い丸太に木ぎれを蝶番《ちょうつがい》で留めてあるのが目に入った。大きく天井板を開いてみると、天井板に押されて木ぎれが向こうに倒れる。天井板が通り過ぎると、ぱたんと戻る。そうすると天井板から手を離しても、木ぎれに引っ掛かるから倒れてこない。

――上がれるようにしてあるんだ。

感心しながらそう思って、大きく開いた登り口の周囲を見廻していたら、小さな梯《はし》子《ご》のようなものがあった。埃を払って降ろすと、ぴったり押入の上段までの長さで、天井裏に架け渡した恰好になる。

さすがにここまでお膳立てが揃《そろ》えば、無視はできなかった。幸い、いまは両親ともにいない。父親は仕事だし、母親は買い物に出掛けている。樹は押入を出ると、懐中電灯と雑巾を探して部屋に戻った。梯子を拭き、裸足《はだし》になってそれを昇る。懐中電灯の明かりを天井裏に向けて驚いてしまった。天井裏にはきちんと床があった。

祖母の家は古いから、天井もあちこちが撓《たわ》んでいる。樹の部屋の天井もそうで、撓んで空いた隙間から、天井がベニアみたいな薄い板でできているのだと見て取っていた。とても人が乗って踏めそうにない――なのに、天井裏には厚い板が敷き並べてあった。あちこちの横木に釘で打ち付けてあって、ちゃんとした床になっている。床があるのは、ちょうど樹の部屋の上あたりだろうか。結構な広さがあって、端は低い棚で区切ってある。雑巾で埃を払いながら進むと、たぶん縁側の上になるあたりに光の漏れている箇所があった。懐中電灯で照らしてみたらノートほどの大きさの板が蝶番で留めてある。手前に持ち上げると四角い穴が開いた。

「……へえ」

感心して思わず声を出してしまった。祖母の家の外壁は板壁になっているが、その外壁を刳《く》り貫《ぬ》いてあるらしい。板の外側には外壁の板が留めてある。外から見たとき、一見して分からないようになっているのだろう。

――たぶん明かり採りの窓。

それは分かるのだが。

「……なんだ、ここ？」

窓板には上げて支えるつっかえ棒も付いていた。開けておけば懐中電灯なしでも屋根裏を動き廻るのに支障はなかったし、窓際なら本も読める。どう考えても誰かが作った屋根裏部屋だった。

「すごい」

父親と母親の反応からして――二人はこの屋根裏部屋の存在を知らないのではないだろうか。知っていれば、押入で寝ると言い出したとき、ぜったい話題に出たはずだ、と思う。そして埃の感じからして、長い間、誰も使っていなかったことは明らかだ。

父親でなければ叔父《おじ》――父親の弟だろうか。

――これって本当の秘密基地だよね？

押入の襖を閉めて、そんな「つもり」になるのとは違う。誰も知らない、自分だけの居場所。

樹は窓を閉めた。

ここを掃除して居心地よくしなければ。

――そして絶対に気づかれないこと。


屋根裏部屋を掃除するのには、一週間を費やした。ちょうど連休にかかって好きなだけ時間が取れたのは幸いだったけれども、両親に気づかれないようにしなければならない。箒《ほうき》やバケツを持って往復することになるので、二人が出掛けている必要があった。

――ここを使うのも、誰もいないときだけにしないと。

特に母親が家にいれば、いつ何時、部屋に入ってくるか分からない。部屋に入ってきてから慌てて押入に降りたら、まず間違いなく気づかれてしまう。

ぜったいに秘密にするんだ、と樹は掃除する間に決意していた。埃を掃き取り、丁寧に雑巾掛けしたけれども、母親はこの場所を「汚い」としか評価しないだろう。実際のところ、床敷きの部分は拭き掃除したものの、その他の部分は埃だらけで、空気はあまり良くなかった。床板にも大小の染みがたくさんある。いくら拭き掃除しても、降りるときには足の裏が黒くなった。

屋根裏部屋は広い天井裏に浮島のように浮かんだ空間だった。一方ともう一方の三分の一は壁で、残りは棚で区切られている。棚は柱と柱の間に板を渡しただけの簡単なものだったが、棚の上に置いたものが落ちないよう奥に縁が付いていたし、ところどころには簡単な抽斗《ひきだし》もあった。抽斗の中には古い瓶や絵の具や、黴《かび》だらけになった布などが入っていた。棚には細々《こまごま》としたものが入った缶や古いプラモデル。大半が船で、飛行機と戦車がいくつか。

「叔父さんかな」

樹は含み笑いした。父親の弟である叔父は、大学に籍を置く研究者だった。無口で、いつも不機嫌そうにピリピリしていて、樹は叔父が苦手だったけれど、苦労してこの屋根裏部屋を作ったんだ、と思うと親近感を覚えた。誰にも秘密で、きっとすごく時間をかけて。

そうなると残されたものを捨てるのも悪い気がして、全部埃を払って段ボール箱に詰めておいた。幸い、引っ越しの直後で段ボール箱はいくらでもある。箱を二つ持ち込むと、荷物は一つ半で収まった。これを置いても、屋根裏部屋には樹が充分ごろごろできるだけの面積が残った。

——残念ながら、居心地はあまり良くない。床は板張りとはいえ撓《しな》るし、窓はあっても小さいので、基本的に薄暗い。空気は埃っぽいし、天気が良ければ熱気が籠もる。夏になったらとても居られないだろう。

最初は天井裏の景色が物珍しかったが、それもすぐに見慣れた。慣れてしまえば三方にただ闇があるのと変わらない。真の闇ではなかったけれど、天井裏には意外に障害物が多かった。窓のある壁の右手には古い壁が少しだけ残っている。その裏側には中途半端に途切れた屋根が瓦を乗せたまま残っていた。反対側、屋根裏部屋の少し先に立ち塞《ふさ》がる壁は二階の壁だろうか。

祖母の家には、二間きりだが二階がある。とはいえ、雨漏りがするとかでもう長いこと使われていなかった。引っ越したばかりのころ、自分の部屋にできないかギシギシいう階段を昇って行ってみたけれど、荷物だらけで埃まみれだし、猛烈に黴くさいしで、諦めた。畳敷きの床は何ヵ所か、踏むと沈む場所があった。

どこもかしこも古い。そして傷んでいる。広いだけは広かったけれども、細かく区切られていて使い勝手が悪く、そのうえ荷物が多いので実際に住める部屋はいくつもない。仏間を兼ねた座敷だけは広くて物が少なかったけれど、あそこは住む部屋ではないらしい。住んでいいと言われても、樹は御免だ。祖父が建てた自慢の座敷らしいが、古い遺影がたくさん掛かっていて、どの顔も厳《いか》めしくて気味が悪かった。仏間に続く十畳には仏壇も遺影もなかったが、縁側の続きに風呂があるので、風呂に行くには必ず通り抜けなければならない。通路になんて住みたくなかった。

——こんな家に戻ってきて、おばあちゃん、大丈夫なのかな。

最善でも杖は必要になる、と医者は言っているらしい。家のあちこちには段差がある。増築やら改築やらした部分の床の高さが微妙に違うのだ。襖や障子ばかりの家には敷居も多い。ほんの少し出っ張っていて、その出っ張りに躓いて、祖母は転んで大怪我をした。杖を突いて生活なんてできるのかな、と樹は思う。リフォームしないの、と父親に訊《き》いてみたけれど、父親は「転職したばかりだからなあ」と意味不明な言い訳をした。母親も、不便で危ないから一緒に住むことにしたんじゃない、と言う。樹たちがいたって、祖母が便利で安全になるわけではないと思うのだけど。

屋根裏部屋に寝転がって、そんなことをつらつらと考えた。「ただいまあ」と母親の声が遠くで聞こえたのはそのときだった。

樹は慌てて身を起こした。玄関から居間までは距離があるが、のんびり降りていくほどの時間はない。懐中電灯を点けて窓を閉め、足音を立てないよう降り口に行った。梯子に足を乗せ、明かりを消した懐中電灯を所定の位置に置くと、蓋《ふた》に手を掛けて留め木を外す。片手で蓋を支えながら降りようとして、樹はなんとなく屋根裏を見た。

三角形に閉ざされた暗い空間。ほんのり奥のほうが明るいのは、どこかに隙間があるからだ。それを黒く切り取っているのは、屋根裏のあちこちに残されている障害物の影だ。その脇に、ゆらりと揺れる影があって樹は思わず動きを止めた。

それは仄暗《ほのぐら》い三角形の中程に浮かんでいた。微《かす》かに揺れ、ゆっくりと回転しているように見えた。——項垂《うなだ》れた人の影。

「えっ——？」

思わず小さく声が出た。ぎょっと凝視しようとして、梯子にかけた足が滑った。幸い、残る梯子は二段ほどで、蓋を支えた手も離さず、大きな物音は立てずに済んだけれど、落ちかけた驚きと、目に入ったものの衝撃で心臓が早鐘を打つ。できるだけ静かに、けれども素早く蓋を戻した。戻したのに蓋がちゃんと閉まらない。焦って見ると、当然だ、梯子が降りたままになっている。梯子の上端には縁に引っかける部分があって、それが蓋を邪魔しているのだ。

——梯子を上げないと。

そのためには蓋を持ち上げて、頭で支えなければならない。つまり、樹の頭は屋根裏に突き出たままで、窓を閉めて真っ暗になったそこには黒い影が。

樹は蓋を見つめた。梯子の掛かりのぶん浮いて透いている。透いた部分には天井裏の闇が覗いていた。

——できない。

樹は梯子を外した。ぱたんと軽い音を立てて蓋が閉じた。押し退《の》けてあった布団を戻し、外した梯子は掛け布団の下に突っ込んだ。襖を開けて押入から飛び降りて——それと母親が部屋の襖を開けるのが同時だった。

——あれは何かの見間違い。

樹がそう結論に達するまでに三日ほどがかかった。あの当日には、とてももう一度蓋を開けて確認するなんてできなかった。それどころか、押入の中で寝るのも怖くて、久々に布団を押入から出して畳の上で寝た。押入でなくても薄気味が悪かった。寝床に入れば嫌でも天井が目に入る。天井は撓んであちこちに隙間ができていた。隙間の上には密《ひそ》かに張られた床があるのだし、そこから何かが見えるはずもなかったが、隙間が存在すること自体、気味が悪くてならない。天井を見ないで済むよう横になれば、押入が意識される。いまにも何かがあの穴を伝って出てくるのではないか。

——そんなはずはない。

樹はこれまでずっと押入で過ごしてきたのだ。押入でも屋根裏部屋でも何かが起こったことはなかった。妙な影を見たのがただ一度きり。だったら、何もないのと大差ない。何かに遭遇する確率のほうがうんと小さいということなんだから。

自分に言い聞かせつつも緊張して過ごした。実際のところ、天井の隙間に何かが見えることもなければ、押入から妙な物音がしたり変なものが現れることもなかった。

安心すると同時に自分の見たものが怪しくなる。天井裏にある何かが、たまたまあんなふうに見えただけでは——いや、そもそも見たと思ったこと自体、気のせいだったのかもしれない。だんだんそんな気がしてきて、樹は寝床を押入に戻した。以前とは違い、枕側の襖は必ず開けておくようにしたけれども。戻って二日目、勇気を出して蓋を持ち上げてみた。すぐにも閉められるよう準備しながら頭を天井裏に突き出し、恐る恐る人影を見たほうを振り返る。そこには、あの日と同じように奥のほうだけほんのりと明るんだ暗い空間が広がっていた。明かりを切り取った障害物の黒い影。そのそばには何もなかった。

——やっぱりな。

そう思いながら、やっと隠していた梯子を定位置に戻したけれど、屋根裏に上がる気にはなれなかった。とりあえず何もいないことを確認したことに満足し、そして両親が喧嘩したのを契機に寝床の襖を閉めるようになった。いつもは喧嘩未満で踏み止《とど》まっていたのに、その日はよほど父親も母親も機嫌が悪かったらしい。母親は常にも増して皮肉っぽく、いつもは聞き流す父親が言葉尻を捉えて怒鳴った。

「仕方ないだろう、母さんは一人だし、誰かが助けてやらないといけないんだから」

「その誰かって誰？　少なくとも、あなたじゃないんでしょうね」

居間の空気から逃れたくて、押入に潜り込んだ。襖をぴったり閉めて、唇を噛《か》んだ。

その翌日には、母親は樹を叱り飛ばした。居間で宿題をして、広げたまま外に遊びにいったせいだ。

「自分のぶんくらい片付けて。それでなくてもこの家、汚くて片付かないんだから」

汚い、という母親の言葉が悲しかった。

「汚くなんかないよ。……古いけど」

確かに綺麗ではないけれど、汚いのと古いのは違う、と樹は思う。

「充分汚いわよ」と、母親の言葉はにべもなかった。「おばあちゃんがやたら物を溜め込んでるから、掃除しようにも片付けられない」

少しは処分してくれればいいのに、と母親は誰にともなく言ったけれども、入院している祖母にできるはずがない。そもそも入院したのだって事故で、突然のことだったんだし、そのときにはまさか息子一家が同居することになるなんて夢にも思っていなかったんだから、祖母の家に祖母のものが溢《あふ》れているのなんて当たり前じゃないか、と思う。

そんなことを思いながら、母親が病院に行った隙に、久々に梯子を降ろした。しばらくの間足を踏み入れなかった屋根裏部屋は少しだけ埃っぽかった。

窓を開けて息をつく。

――あんなふうに言わなければいいのに。

母親の存在を意識すると息が詰まる。屋根裏部屋に潜り込むとほっとする――樹はそんな自分を不思議だと思う。屋根裏部屋に来るのは家に誰もいないときに限られていて、だからいま、母親は家にいない。だったら下の部屋にいても同じはずだが、屋根裏部屋にいたほうが気分が軽い。

――嫌いってわけじゃないんだけど。

たぶん母親の気分も、いまの樹のようなものなのだろう。父親が嫌いなのでも、祖母が嫌いなのでもないけれど、息が詰まっている。

思いながら端っこに積み上げた段ボール箱を見た。ここを作った叔父も同じような気分だったんだろうか？

――おばあちゃんは煩くなさそうだけど。

祖母は樹がゲームをしていると、「やらせて」と言う。いくら樹が指南しても少しも上手《うま》くはならないが、それでも楽しそうにしている。漫画を読んでいれば「それ、面白い？」と訊く。すごく面白いよ、と何度か勧めたことがあるけど、あいにくそのときの樹は盆や正月に遊びに来ただけで、持ってたコミックスは途中の一巻だけ。さすがに自分で買ってまではね、と笑っていた。樹はそんな祖母が大好きなのだが、一緒に暮らすと母親みたいに口煩くなるのだろうか。

——でも、何か理由がなければ、こんなところにいないと思う。

こんなに手間暇をかけて居場所を作って。それとも叔父は少し偏屈なところがあるから、そのせいだろうか。あまり人好きではないようだから、とにかく一人になりたかったのかもしれない。父親はともかく、末っ子の叔母《おば》は猛烈にお喋《しゃべ》りだ。

——母親じゃなく、妹から逃げたかったのかも。

樹は段ボール箱を開けてみた。古くさいプラモデル。一人っ子の樹には分からないが、弟妹がいる友達は、弟妹が自分の玩具を勝手に弄《いじ》って壊すから敵《かな》わない、と言っていた。案外、それが理由だったのかもしれない。

樹はいちばん大きな船のプラモデルを持ち上げてみた。

——これだけでも飾ろうか。

「……これって大和《やまと》？」

詳しくはないが、なんとなく見覚えがある。よく見てみると、ほかの船も戦艦のようだ。数少ない飛行機の一つは、たぶん零戦《ゼロせん》。

戦車もあるし、叔父は子供のころ、こういうのが好きだったんだろうか。思いながら大和を翳《かざ》し――そしてそれがするりと落ちた。下から見上げた大和の向こうに、黒い人影があった。

それはそんなに遠くはない暗がりの中程に浮かんでいた。逆光になって顔も身なりも定かではないが、大きく頭をかしげ、項垂れるようにして宙に浮いている。こちらのほうを向いている、と思った。ゆっくりと右に左に回転するように揺れながら樹を見ている。

――見間違いじゃない。

確かにその人影は、いた。――いや、ぶら下がっていた。紐《ひも》やロープのようなものは見えなかったが、明らかに首を吊《つ》ってぶら下がっている。だらんと垂れた両腕、軽く開いて伸びきった両足、その片脚は千切れたように脛《すね》から下がない。樹はがくがく震えながら中腰のまま膝行《いざ》って降り口へと向かった。中空で揺れている人影から目を離せない。手探りで降り口を見つけ、足を下ろして梯子を探った。窓は開いたままだが、とても閉めに戻れない。

――蓋を閉めないと。

手を伸ばして留め木を探した。手探りでは留め木を見つけられず、樹はちらりと視線を手先に向けた。震える手で留め木を外し、蓋を支えて――そして視線を戻すと、それは屋根裏部屋の縁のすぐ外にいた。

それはぐっと顔を突き出した。窓からの光が当たった顔の片眼は真っ黒な穴だった。黒い穴から、だらだらと血が流れている。

それを見て取って、樹は声を上げて飛び降りた。頭上で大きな音を立てて蓋が閉まった。開けたままにしておいた襖から、押入の外に転がり落ちる。這《は》って遠ざかり、居間に逃げ込んで音高く襖を閉めた。

やっぱりいたんだ、と思った。気のせいでも見間違いでもなかった。思って、はっとした。屋根裏部屋にあったプラモデル——あれは本当に叔父のものなのだろうか。ひょっとしたら屋根裏部屋は、そもそもあいつのものだった？

一人きりの家の中にいたくなかった。逃げ出そうとして気付いた。押入の襖が開いたままだ。梯子だって掛けたまま。

——閉めに戻らないと。

戻りたくないけれど、母親が戻ってきたら見つかってしまう。樹はもう二度と屋根裏部屋になんか行きたくなかったし、だからあの場所の存在を知られたって構わない。そうは思ったが、そうすると今日まで秘密にしてきたことが、ばれてしまう。それだけは避けなければ。

逡巡《しゅんじゅん》しながら自室の襖を睨《にら》み付けた。何度も心の中で自分を鼓舞して、掛け声とともに襖を開く。六畳の部屋の中には誰もいない。——何もない。狭い部屋の何もかもが、傾いた陽射《ひざし》でわずかに赤味を帯びているだけだ。その部屋の片側、押入の襖の片方は開いている。物が詰め込まれた下段と、布団と枕と薄暗い空気だけが載せられた上段が見えていた。なんとなく息を詰めて押入に近づく。距離を取りながら中を覗き込んでみた。

そこには誰の姿もなかった。布団の足許《あしもと》が捲《めく》り上げてあって、そこに梯子が掛かっている。さらに近づく。梯子の上には蓋が乗り、いつかのように梯子の上端ぶん、暗い隙間ができていた。

——窓も閉めないと。

あの窓は人目につきにくい位置にあるけれど、裏庭に出た誰かがたまたま上を見上げれば、板壁に穴が開いていることが分かってしまう。しかも裏庭には古い物置がある。滅多に使わないが、出入りすることがないわけじゃない。

——大丈夫だ。

理由があるわけではないけど、きっと大丈夫。お化けなんて目撃されたら消えるものだ。

「もう一度見たら、もういなかった」と、どんな怪談話にも書いてある。

言い聞かせながら、屈《かが》めた腰を伸ばしていった。頭が蓋に当たる。まっすぐ立ち上がるにつれ、蓋が持ち上がっていく。

立ち上がったとき、うう、と小さな呻《うめ》き声のような音がした。脇を振り返ると、手が届くほどの距離に顔があった。

赤黒い液体を流し続ける片眼の眼窩《がんか》、ぽっかりと開けた口。それは明らかに男で、床に四つ這いになり、片手を樹のほうに伸ばそうとしていた。軽く起こした上体の、腹のあたりが血だらけで、ぼたぼたと粘度のある液体を床に落としている。

樹は声にならない悲鳴を上げてしゃがみ込んだ。蓋が音を立てて落ちる。

——無理だ、うえには上がれない。

梯子に手を掛け、蓋の隙間に突っ込むように押し込んだ。勢いを付けて梯子を押し出すと、ぱたんと軽い音を立てて蓋が閉まった。天井裏を覗かせる隙間はもうない。それを見て取って、樹はその場を逃げ出した。押入から飛び降り、部屋を出て、居間を駆け出して廊下を抜け、家の外まで。

前庭に出てようやく息をつく。

——誰かが帰ってくるまで、もう家には戻れない。

樹は以来、押入で寝るのをやめた。それどころか、部屋で寝ることも恐ろしくて、さりとて六年生にもなって親に「一緒に寝てほしい」とも言えず、結果として選んだのが、部屋の襖を居間のほう、両親の部屋のほう、双方ともに開け放しておく、というやり方だった。季節柄、「蒸し暑いから」という言い訳が樹を助けてくれた。いつの間にか季節は梅雨に入ろうとしていた。

「古い家だから、夏は涼しいよ――なんてお父さんは言ってたけど、やっぱり蒸しますよねえ」

そう愚痴っぽく言ったのは母親だ。

樹は祖母の見舞いに来ていた。祖母はリハビリの成果が出ていて、近いうちに家に戻れることになりそうだった。

「昔はもう少し涼しかったんだけどねえ」と、ベッドに身体を起こした祖母は言った。入院して手術したばかりのころは、げっそりと老け込んでいたけれども、ずいぶん表情が明るくなった。

「夕方になると川風が吹いてね。最近は、いい風が吹くことが減った気がするわねえ」

「いまから暑さに慣れておかなきゃ」と、母親は樹を見た。「居間と座敷にしかクーラーはないんだから」

樹は心の中で溜息をついた。

「おばあちゃんの部屋にも、クーラーを付けたほうが良くない？」

自分は平気だ、との意を込めて樹は祖母に向かって言った。祖母は笑う。

「利きゃしないわよ、あんな隙間だらけの部屋。あたしは年寄りだから暑いのは平気。むしろ樹のほうが必要なんじゃない？」

祖母にそう返されて、樹は内心でぎょっとした。クーラーなんて付いたら、襖を開けていられない。夜、閉め切った部屋で寝るなんて、考えただけでも嫌だった。

「いらないよ」と、樹は強く言った。「それより、リフォームとかしないの？　おばあちゃん、戻ってきたら不便じゃない？」

「そうねえ」と、母親はまったく気がなさそうに笑いながら、洗い物を持って水場に向かった。

「リフォームなんてするぐらいなら、全部潰《つぶ》して建て替えたほうがマシだわよね」

祖母もまた笑っている。

「家の中、段差だらけだよ」

「そうなんだけど。なんせ出《で》鱈目《たらめ》に増築とかしてるからねえ。前に台所を修理にきた大工さんも呆れてたぐらいだから、改装するより潰して建て替えたほうが早いかもね」

「建て替えれば？」

「潰したら、新しい家が建つまでどっかに引っ越さないといけないでしょ。荷物だって整理しないといけないし。歳を取ると、そういうのが億劫《おっくう》なのよ」

　ふうん、と樹は答えたが、内心では気落ちしていた。実はリフォームにしろ建て替えにしろ、家が新しくなればもう嫌なものを見ることもないいんじゃないかと期待していた。

「そうか、でも、樹は新しい家に住みたいわよねえ。いつまでも押入にはいられないもんね。そのうち背が伸びたら寝てられなくなる」

　そう祖母は言って、

「――押入の居心地はどう？」

「最近は使ってない」

「やめちゃったの？」

　樹は頷《うなず》いた。

「暑いから」

　できるだけさりげなく言ってから、

「そうだ――叔父さんってプラモデルとか好きだった？」

　祖母はきょとんと眼を丸くした。

「いいや。どうしたの、急に」

「なんとなく」

　祖母はまじまじと樹を見ながら、

「叔父さんがプラモデルを作ってるのは、見たことないかねえ。あの子は本を読む以外の趣味ってなかったからね。あんたのお父さんは小さいころ、Nゲージっていうの？　鉄道模型を集めてたけど」

　ふうん、と呟《つぶや》いて、

「おばあちゃんの兄弟は？」

樹が訊くと、祖母は少し首をかしげて、

「――見つけちゃった？」

　え、と樹は声を上げた。

「押入に寝てるっていうから、気づくこともあるかな、とは思ってたけど」

「……押入の上？」

　恐る恐る樹が言うと、祖母はにっこり笑った。

「おばあちゃんの隠れ家」

「あれ、おばあちゃんが作ったの」

「そうよ」と、言ってから祖母は悪戯《いたずら》っぽく口許に指を立てた。

「……プラモデルは、おばあちゃんの趣味。戦艦作るのが好きだったんだよね。でも、昔は女の子がプラモデル作るなんて変なことだったのよ。おばあちゃんの父さんなんか、女らしくママゴトでもしてろ、って怒ってさ」

「怒るの？　なんで？」

「なんでかねえ。父さんは旧弊で、何かと言えば男は女は、って煩くてね。――まあ、この街は、そもそもそういう気風ではあったんだけど。古い街だからね」

「男尊女卑ってやつ？」

「そうとも言うかね。ちょっと違う気もするけど。男はこうあるべき、女はこうあるべきって気風が強かったのよ。あたしはお転婆《てんば》で、木登りや野遊びが好きだったけど、そういうのは良くないって言われてた。日曜大工も好きだったし、理科だって大好きだったけど、そういうのは女らしくない、可愛げがないって言われたもんよ。女の子が女らしくなくて可愛くないのは悪いことだったんだよねえ」

　変なの、と樹は呟いた。

「……あそこ、何かいない？」

　樹が声を低めると、

「お化けがいるねえ」

「いるの？　やっぱり？」

　いるよ、と祖母は笑った。

「でも、害はないよ。慣れればなんてこともない」

「でも、怖いよ」

「怖がらなくてもいいんだよ。正邦《まさくに》さんは、とっても優しい家族思いの人だからね」

「――正邦さん？」

「天井裏にいる人。気が弱いけど優しくて、家族思いの人だったらしいよ。おばあちゃんも会ったことなんてないし、話でしか知らないんだけどさ」

「会ったことないの？」

「ないよ」と、祖母は面白そうに笑った。「正邦さんはあたしの曾祖父の弟だからね」

祖母のそのまた曾祖父というのが、樹には想像できない。大昔の人だ、としかイメージできなかった。

「そのお兄さんが邦義《くによし》さん。そうだね、仏間の遺影の一番左にあるのが邦義さんだね。正邦さんの遺影はないよ。お仏壇の過去帳には名前があるけど写真はない」

「なんで？」

「さてねえ。誰でも写真があるような時代じゃなかったのか、そうでなけりゃ不幸な死に方をしたせいかね」

「……首を、吊ったの？」

祖母は頷いた。

「と聞いているよ。お兄さんの邦義さんはうちの長男らしく、だらしのない人でねえ」

「だらしないの？　長男だと？」

「そう。心配しなくても、あんたのお父さんは次男だよ。上にお兄さんがいたから。小さいころに死んじゃったけどね」

　言ってから、祖母は笑った。

「けれど樹は長男だから、要注意だ」

　うえぇ、と変な声が出てしまった。

「まあ――昔は長男に甘かったからね。それで駄目にしちゃったんじゃないかね。ほら、おばあちゃんの兄さんも、さんざん甘やかされたあげく、ろくでもない死に方をしたからね」

「ろくでもない？」

「典型的な馬鹿息子でね。友達の車借りて、すっとばしてあの世に行っちゃった」

　そうだったのか、と樹は思った。同時に、祖母にも兄弟がいて、曾祖父がいて、その人にも弟があって、それぞれに個性があって――という連綿とした人の繋がりが、とても不思議なことに思えた。

「お兄さんの邦義さんが不始末をしでかしたことがあったらしいんだよね」

「不始末？」

「何かは知らないよ。おばあちゃんも不始末としか聞いてないからね。べつに犯罪ってわけじゃない。でも、誰かにすごく迷惑をかけて、相手をすごく怒らせて、そのせいで商売にまで影響があったんだってさ。謝らないといけないのに、本人はどこ吹く風で、それで間に立ったのが正邦さんだったんだって」

烈火のように怒る相手にお兄さんに代わって詫《わ》び、お兄さんにも謝るよう説得したけれどもお兄さんは知らぬ存ぜぬだったそうだ。

「間に立った正邦さんのほうが責任感じて、相手に同情して、死んでお詫びするって遺書を残して死んじゃった」

おかげで相手は許してくれた。それ以後、商売がうまく行って、得た儲《もう》けでいまの家を建てたのだという。

「でも、邦義さんたら呆れたことに、そのとき家を建てるのに正邦さんが首を吊った木を使ったんだって。昔、庭に大きな欅《けやき》があったそうなんだよ。その木で正邦さんは亡くなったんだけど、邦義さんはそれを切って大黒柱にしちゃった。親戚はみんな不謹慎なって責めたけど、邦義さんは平気の平左《へいざ》で、なーんにも気にしないで長生きして大往生。まあ、不公平な話だよね」

祖母は苦笑まじりの溜息をついた。

「そのあとを祖父が継いで傾けて、父さんが倒産させたんだよ。大きな製材所だったらしいけどね」

「ふうん……」

「兄さんが早死にして、結局あたしが婿《むこ》を取ったけど、おじいちゃんはうちの血筋かと思うほどいい加減な人でねえ。あたしの父は出鱈目をするんだけど、おじいちゃんはいいことも悪いことも何もしない人。そういう意味では真逆だったかね。何もかも適当でねえ」

「何が適当？」

祖母が言ったとき、

母親が戻ってきた。

「おじいちゃんの話。何でもかんでも面倒臭がって適当だった、って」

祖母が言うと、母親は声を上げて笑った。

「お医者に行くのも面倒臭がってましたもんね、胃が痛い、胃が痛いって言いながら」

母親が笑うと、

「そうなのよね。それで結局、治療する機会を失《な》くして死んじゃったんだから自業自得だけど」

「転んで骨折したのがおじいちゃんだったら、ぜったいにリハビリなんかしなかったですよねえ」

「しないしない」と、祖母は笑った。

母親が戻ってきたせいで、話は逸《そ》れたきり立ち消えになってしまった。

樹は祖母に訊きたかった。首を吊って死んだ人が、なんであんな姿なの？　片眼がなくて片脚もなくて、お腹《なか》も血だらけで。

——あれ、本当に正邦さんなの？

祖母の見舞いに行った翌日から雨が降り始めた。次の夜になっても降りやまない。低気圧が近づいているらしく、思い出したように風の唸《うな》る音がしていた。雨音や庭木が揺れる音を聞きながら樹は寝床に入ったが、横になっても気持ちは天井裏へと向かっていた。

天井裏にいる正邦さん。

確かに最初見たとき、人影はまるで首を吊っているように見えた。

——でも、あの人には片脚がなかった。片眼もなくて、血が流れていて……。

黒い穴になった眼窩から、赤黒い血が頬に流れ出ていた。その、どろりとした質感が強烈で、もう一方の眼がどんなだったかは思い出せない。

ちゃんとあったのか、あったとしたらどんな眼だったのか、思っているところで、ぴたん、と小さな音がして樹は布団の上で凍り付いた。どこか自分の枕許のほう——

押入ではなく縁側のほうから、ぴたんと何かが滴るような音がする。

　窓の外で雨垂れが何かを叩いているのだろうか。きっとそうに違いない、と思ったものの、脳裏には眼窩から——腹から血を流していた誰かの姿が否応《いやおう》なく蘇《よみがえ》った。

　大丈夫だ、と樹は視線を脇に向けた。オレンジ色の明かりが見えるのは、父親が枕許のスタンドを点けているから。父親は寝床に入って本を読んでいる。足許のほうにも頼りないが明かりはある。母親がいま風呂に入っているから、居間の電灯を一つだけ残してあるのだ。

　ぴとん、と小さく音がする。

　眼を閉じるとかえって嫌な光景ばかりを思い出した。さりとて眼を開けて薄暗い部屋を見ているのも怖い。特に天井が目に入ると、さらにその上にある天井裏を意識しないではいられなかった。薄い板を隔てた向こうに広がる暗くて大きな空間。そこに黒い影の形をした誰かが浮かんで、かすかに揺れながらゆっくりと回転している——。

　その光景を振り払いたくて、ぎゅっと両眼を閉じた。ぴとん、と小さく音がする。ぴとん、ぴとん、と続く音の隙間に、かたん、と固い音が微かに混じった。

　その音は、あまり建付《たてつけ》のよくない襖が動き始めるときの音にあまりに似ていた。

　どきりとした。息を呑《の》んで眼を開いた視界に、暗く翳《かげ》った天井板が飛び込んできた。中央にぶら下がった電灯には豆球が点いている。明かりはひどく頼りなくて、四角い天井の四隅には薄闇が凝っていた。

すーっと敷居のうえを襖が動く音がした。樹は息を呑んだきり、声を上げることもできなかった。予感がして、おそるおそる首を動かし、視線を左の押入のほうへ向ける。黒く縁取られた襖が——確かにぴったり閉めてあったはずの襖が少し開いていた。

身体が震え始めた。目を逸らしたかったのに視線も首も動かない。隣に父親がいるのに、声も出ないし身動きもできない。開いた襖は人の頭が通るほど。押入の上段の真っ暗な闇が覗いている。

ぴたん、とまた音がした。同時に、隙間のいちばん上に仄白いものがぬっと下がってきた。まるで天井裏から降りてきたように現れたのは人の顔だ。それは目許までを突き出して部屋の様子を窺《うかが》うようだった。どんな眼の色をしているのか、その表情は分からない。目許には暗く影が落ちていた。それでも眼の片側にさらに黒く穴が開いているのは分かる。それは少しの間、樹のほうを見て、ずるりとさらに下がってきた。

顔が現れ、首が——胸が現れ、そして黒く濡れ濡れと染みをつけた腹が現れた。血だらけの腹は、いまにも千切《ちぎ》れそうだった。塊のように血が零《こぼ》れ、同時にぶよぶよとした肉片が落ちた。

ばさっ、と乾いた音がしたのは、そのときだ。はっと樹は息を吐き出し、同時に反射的に音のしたほうを向いていた。振り向いた右側、隣の部屋で父親が布団を捲って心強かった。

起き上がるところだった。スタンドの明かりに照らされた父親の身体が、ものすごく
「――何の音だ？」

言って、父親は樹の部屋のほうへとやってくる。身動きできないでいるうちに大股にやってきて、

「まだ起きてるか？　ちょっとごめんな」

父親は言って樹のそばを通ると、部屋の灯りを点けた。あまりに眩《まぶ》しくて樹は思わず泣きそうになった。

父親は部屋を見廻し、樹の枕許にある障子を開けた。縁側の灯りを点け、カーテンを開け、外を見てから小さく声を上げる。

外に何かあるのだろうか。樹がようやく痺《しび》れたような身体を起こして見ると、父親は片脚を上げて足裏を見ている。

「まいったなあ。雨が漏ってる」

父親の言葉を聞いたとたん、樹ははっとした。

――屋根裏部屋の窓だ。結局、あのまま閉めていない。

穏やかな雨なら多少床が濡れる程度だが、吹き降りだと風向きによっては天井裏に盛大に雨が入ってしまうのだ。さっきから時折雨音が強まって、壁を叩く音がしてい

る。強い雨が屋根裏に入っている――。

「えらく漏ってるなあ」

父親は縁側を見、そして天井を見上げた。樹が半身を起こしたまま目をやると、窓に近い天井に大きな染みが広がっていて、そこから水滴が次々に落ちてきていた。縁側には大きな水溜まりができている。落ちた水滴が水面を叩いて、ぴたん、と音を立てていた。

「ひどいな、これは」

父親が呟くのを聞きながら、樹は視線を押入のほうへ向けた。向けて思わず声を上げた。意図せず悲鳴のような叫びになった。確かに絶対、閉め切っていたはずの襖は、ついさっき見た光景のまま、大人一人の頭ぶん開いていた。――何もない空間に薄墨色の影を落としたまま。

結局、樹は悲鳴を上げて泣きじゃくって、最後には父親に屋根裏部屋のことを洗いざらい告白した。父親も――悲鳴を聞いて走ってきた母親も、呆れたようにしていたけれど、想像していたように怒ったりはしなかった。

「夢を見たのよ」と、母親は久々に優しい声をかけてくれた。「お化けなんていないのよ。きっと寝入りばなに夢を見たの」

違う、と樹は首を振った。

「いるんだ。おばあちゃんも、知ってる。いるって言ってた」

「揶揄《からか》われたんだよ」と、父親は笑ったが、退院手続きのために行った病院で、当の祖母が「いるよ」と言ってくれた。

「揶揄ったり脅したりしないよ。屋根裏には正邦さんがいるの」

「……と、言われてもなあ」

父親は困ったように頭を掻《か》いた。

「ずっといるのよ。あんたが見たことないだけで。あたしだけじゃない、あんたの叔父さんも見たことがあるんだから」

むう、と父親は黙り込んだ。母親は困惑したように祖母と樹を見比べている。

「あれ、本当に正邦さんなのかな」と、樹は祖母に問い掛けた。「正邦さん、大怪我をしてたよ」

祖母はきょとんとした。

「大怪我？」

「うん。片眼と片脚がなかった。お腹だって、いまにも千切れそうだった」

え、と祖母は驚いたように声を上げた。

「そんな。……それ、正邦さんじゃないわ」

やっぱり、と樹は思った。

「でも——だったら誰？」

樹が投げかけた問いに答えてくれる人は誰もいなかった。


お化けなんていない、と父親も母親も言ったけれど、二人とも天井裏を覗き込もうとして、躊躇したあげくやめてしまった。

「雨漏りは窓のせいなんだろうけど——まあ、これを機会に専門の人に見てもらったほうがいい」

父親が言うと母親も賛同した。

父親が言う「専門の人」は、その二日後にやってきた。父親が同僚から紹介された工務店から、さらに紹介された人らしかった。

「息子と母が、お化けがいる、なんて言うもんだからどうも薄気味が悪くて、って言ったら、紹介してくれたんだよ」

「まあ——そんなことを言ったの？」と、母親は呆れたようだったが、「でもまあ、おばあちゃんも樹も、あんなに大真面目に言うんだものね」

母親が言ったところでチャイムが鳴った。迎えに出た父親が家の中に案内してきたのは、まだ若い男の人だった。

「尾端《おばな》といいます。よろしくお願いします」

彼はそう言って、居間に坐ったままの祖母に、丁寧に頭を下げた。

「こちらこそよろしくね。――出迎えもせずにごめんなさいね、足が悪くって」

「御病気でも？」

「転んで腰骨を折っちゃったのよ」

「それは大変でしたね」

まあね、と祖母は笑って、

「漏っているのは縁側よ。でも、たぶんあたしが開けた穴から雨が降り込んだんだと思うわ」

「屋根裏に隠れ家があるとか」

「あるのよ。――樹、案内してあげたら」

樹は頷いた。ここです、と押入を示して襖を開ける。

「この上。こっち側の天井が開きます」

尾端は頷いて、身軽に上段に昇ると、まったく躊躇する様子もなく天井を持ち上げた。ポケットからペンライトを出してひとしきり照らし、

「これは、すごいですねえ」

にこにこと笑って振り返る。

「おばあさんが作られたとか。大変だったでしょう」

「そうね。ずいぶんかかったわねえ」と、祖母は笑った。ちょっと失礼しますね、と尾端は腰の道具入れから上履きのような薄い靴を出すと、それを履いて天井裏に上がって行った。ややあって降りてくると、

「雨漏りは窓が開いてたせいでしょう。でも、ずっとある程度は漏ってたんじゃないかな。ずいぶん染みが残ってます」

あらまあ、と祖母は溜息をつく。

「ここに何かいるんですか？　御先祖さんがいるらしいと聞きましたが」

尾端があまりにも何気なく訊くので、祖母も当たり前のことのように答えた。

「いるのよ。黒い影みたいにぶら下がってるの。何度か見たことがあるわ」

「怖くなかったんですか？」

「最初はね。すぐに慣れたわ。べつに害があるわけじゃなかったから」

剛毅《ごうき》ですねえ、と尾端は笑った。

「さすがに最初は怖くて、叔母に相談したわよ。そしたらこの家には正邦さんがいるんだ、って教えてくれたの。叔母は見たことはないけど、叔母の父親――あたしの祖

父の兄弟姉妹の中には見たことがある人がいたみたいね。この家の人間は、代々、正邦さんを座敷童《ざしきわらし》みたいなもんだと思っていたみたい。そういう話しぶりだったわ」

「だから名前が伝わっているんですね」

「弟も見たことあるって言ってた。屋根裏じゃなく、下の茶の間でね。昼寝してたら、揺すり起こされたんですって。起きたら、鍋を空焚《からだ》きしてて、もう少しで火事になるところだった。きっと教えてくれたんだって」

へえ、と面白そうに言ってから、尾端は、

「屋根裏以外に出ることもあるんですね」

「屋根裏で正邦さんを見たのは、たぶんあたしだけでしょうねえ。正邦さんは、家のあちこちに出るのよ。空焚きを教えてくれたみたいに、災難を教えてくれることもある」

「ああ——それで座敷童」

尾端は言って、そしてふいに真顔になった。それで、と話を継ごうとする祖母を「済みません」と遮《さえぎ》って、天井裏へ戻って行く。しばらくして降りてくると居間に向かい、居間の西側にある祖母の部屋を覗き込み、首をかしげた。

「この壁は、もともとの壁ですか？」

祖母の部屋の、北側にある壁を軽く掌《てのひら》で叩く。

「だと思うけど……いや、違ったかしら」

杖を突いて後ろに従った祖母も首をかしげている。

「ここは、もともとあたしの祖父母が使っていたのよね。祖母が亡くなってからは祖父が一人で使ってて、その祖父が倒れて――」

言いかけて、そうか、と小さく呟いた。

「祖父が入院してから、父親がこのへんを弄ったわ。もともとは、もっと広い部屋だったんだけど、二階を載っけて階段を取るのに部屋を狭《せば》めた気がするわ」

言ってから、納得したように祖母は大きく頷いた。

「そう――二階ができたあとに、あたしは屋根裏部屋を作ったの。兄と弟は二階に真新しい部屋をもらえたのに、あたしには自分だけの部屋がなかったから」

なるほど、と相槌《あいづち》を打ちながら、尾端は階段に廻り込み、脇にある廊下を覗き込んだ。トイレに向かうためだけにある廊下で、途中に一つ、背の低い板戸がある。ちょうど階段の下になるあたりだった。

「――ここは？」

「納戸《なんど》よ。電灯が切れちゃって、もう長いこと入ってないけど」

見てもいいですか、と断ってから尾端は中に潜り込んだ。樹は興味を惹かれて覗いてみた。階段の下、天井が斜めに下がった部分が踏み込みで、その奥に細長い部屋があるようだった。物がいっぱいで尾端の姿は懐中電灯の明かりに浮かび上がる影にしか見えない。巨大な眼のような明かりが荷物を照らし、壁を照らし、天井を照らす。足許を照らして――そして尾端は戻ってきた。

「何かあった？」

祖母が訊くと、尾端は笑った。

「確かに正邦さんは親切な人のようです」

どういう意味だろう、と首をかしげた樹に、

「正邦さんは片脚がなかった？」

「うん。――片眼もなかったよ。でもってお腹も千切れそうだった」

尾端は頷き、困惑したようについてきていた大人たちを見渡した。

「この建物は、建て替えるか大々的に手を入れるかしたほうがいいです」

尾端はきっぱりと言って、納戸の奥のほうを照らした。

「妙な位置に追いやられていますが、あれが大黒柱だと思います。正邦さんの欅の」

樹も祖母も首を伸ばして覗き込んだが、残念ながら尾端がいう「あれ」が何を指すのかは分からなかった。

「改築のときに刳《く》り込んだんでしょう、細く削られてしまって、しかも叩くと音が軽い。たぶんシロアリだと思います。そのせいで、いまにも折れそうになっている」

えっ、と両親も祖母も声を上げた。

「折れそう――って」

「正邦さんの腹が千切れそうだったのは、そういうことだと思いますよ。なんとか窮状を伝えようとしたんでしょう」

しかも、と尾端は言う。

「シロアリは下から上へ材を喰っていきます。上がこの有様なら、床下も同じような状態でしょう。たぶん柱の根本はもうほとんど残っていないと思います」

「だから片脚がなかったんだ……」

樹が呟くと、尾端は頷いた。

「上のほうも梁《はり》を支える大事な部分のすぐ下に、大きな枘穴《ほぞあな》が開けてありました。上のほうはまだ材を喰い荒らされていないようでしたが、肝心の柱がいくらも残っていない。地震や台風で家が揺すられたら保《も》たないです」

あらまあ、と祖母は口許を押さえた。樹は自分が見た恐ろしい――無残な姿を思い出した。家を支える柱が、あんなふうに無残な有様になっているということなのだろうか。

家のことは分からないけれど、大黒柱が家にとって大事なもので、その大事なものが大変な状態になっているのだ、ということはよく分かった。

「この家……壊れちゃうの？」

「そう簡単に壊れたりはしないけどね」と、尾端は樹に微笑《ほほえ》んでから、「とにかく大至急、補強します。応急処置だけはしておきますから、そのあとどうするかは皆さんで相談なさってください」

そのあと、大人たちがどういう相談をしたのか、樹には分からない。何度も尾端や工務店の人が来て相談していたようだったが、結局、家は取り壊すことになった。シロアリは正邦さんの大黒柱のみならず、家のあちこちを蝕《むしば》んでいた。出鱈目な増改築のせいもあり、いまの家を活《い》かすのは難しいのだそうだ。全て取り壊して更地に戻し、手頃な大きさの家に建て直すのがいちばんいい、という結論に達したらしい。祖母は正邦さんの大黒柱を残したがったが、残念なことにもう柱としては使いようがないということ。

補強工事の際に樹も見たが、大黒柱は一階の天井のあたりでひしゃげ、「く」の字に曲がっていた。

「申し訳ない話よねえ……」

祖母は補強前の柱を何度も撫《な》でた。樹は祖母を支えながら、もの寂しい気分を感じていた。

——とても怖かったけど。

きっと、いまだってまた会ってしまったら、すごく怖いんだろうけど。

樹は自分が、祖母のように「害はない」と言って平気でいられるようになるとは思えなかった。けれども、いなくなると思えば寂しい。いてくれたほうがいい——そうでなくなるのは、ひどく残念だった。

板や角材を揃えていた尾端が、そんな樹と祖母に向かって微笑んだ。

「柱としては使えませんが、上のほうの材はまだ生きてます。いい欅ですし、別の何かに使えると思いますよ」

尾端に宥《なだ》められた祖母が、

「形が変わって柱でなくなっても正邦さんはいてくれるかしら」

そう言ったので、樹はぎょっとした。折れかけた正邦さんはあんな姿だった。形を変えられてしまったら、どんな姿になるのだろう、と思った。

「いてほしいですか？」

「いなくなると寂しいわ。あたしはね」

樹くんはどうですか、と尾端は樹を振り返った。

——寂しいけど、やっぱり怖い。

害がないと分かっていても、自分の部屋に正邦さんの欅を使ってほしいとは思えなかった。できれば自分と関係のない場所にしてほしい。自分が足を踏み入れたりしない場所。特に夜には、絶対に近づかないで済むどこか。

頭ではそう思ったのだけれど、口を衝《つ》いて出たのは樹自身、思いもよらない言葉だった。

「正邦さん——小さくなっちゃうかもしれないね」

祖母はきょとんとして、すぐに笑った。

「そうねえ」

その顔を見て、いるといいな、と樹は思った。樹に父親と母親がいて、父親を産んで育てた祖母がいて、そのずっと前に正邦さんがいた。うちは、そんな人たちの繋がりが紡《つむ》いできたのだ。

——そういうふうに思えるのは、嬉しいことのような気がした。

解説

織守《おりがみ》きょうや（作家）

「営繕かるかや怪異譚」は、建物や場所にまつわる怪異と、それに出会ってしまった人たちの物語です。そして、このシリーズにおいて、怪異に悩む人たちの助けとなるのは、探偵でも霊能者でもなく、タイトルのとおりの「営繕屋」、尾端《おばな》です。建物を建築・改築したり、修繕したりするのが彼の仕事です。彼には霊能力はなく、霊と戦ったり祓《はら》ったりはしません。では、対話して理解しようとするのかというと、それもしません。知識や洞察力から怪異の正体に気づくことはあっても、彼にそれを見抜く特別な能力があるわけではないので、怪異の正体がはっきりしないまま——登場人物たちが怪異に向き合うことすらしないまま、物語が終わることもあります。

この作品群に登場する怪異は、時には、人に何かを訴えていることもありますが、時には、ただそこにあるだけのものとして描かれます。人に何かを求めているわけではないものに対して、人は対処のしようがなく、ただ耐えて、そこに住み続けるしかない、あるいは、逃げ出すしかないかのように思えます。

尾端はそこへ現れて、あくまで営繕屋として、家を修繕したり、改築したりして、そこに住む人と怪異が「折り合いをつける」手伝いをするのです。

彼は営繕屋としての仕事をするだけですが、その結果として、怪異は人がその存在を受け容れることができるような形に落ち着き、怪異に脅かされていた人たちは平穏を取り戻します。少なくとも、一人でただ恐怖に耐えたり、怯えたりしなくてもよくなります。

そのやり方の無理のなさが、とても思慮深く、やさしくて、読んでいて嬉しくなってしまいます。適度な距離を取り、互いに干渉しないで済むようにするその姿勢の根底に、相手を尊重する、という考え方があるからでしょうか。

この度発売となった「その弐」においても、それは変わりません。

「その弐」には六編の物語が収録されていますが、その一つ一つに、共通した安心感と、違った魅力があります。収録作の一つ、「まつとし聞かば」は、まさに、怪異を排除せず「折り合いをつける」話です。自宅で起きる不穏な出来事に、幼い子どもの父親である視点人物が感じる不安や恐怖は胸に迫り、子どもが怪異を怪異と認識していないことが、ますます彼と読者の危機感をあおります。

作品群の中で唯一、怪異に怯えるのではなく、怪異に魅せられてしまった男を描いた「芙蓉忌《ふようき》」は、明らかに危険な状況にある視点人物が、怪異の排除を望んでいないことが、読者を不安にさせるとともに、幻想小説のような陰鬱な美しさがありますし、子どものころのおそろしい記憶にとらわれた人たちが、尾端との出会いによって、自分を縛っていた怪異の意味を知る「関守《せきもり》」と「水の声」、古い家で起きる怪異の原因や正体を探る「魂《たま》やどりて」と「まさくに」の四作は、ミステリ的な趣もあります。

この作品は、怪異だけでなく生きた人間の造形も本当に素晴らしいのですが、「魂やどりて」「まさくに」は特に、その見事さが際立っています。「魂やどりて」は、視点人物の行動のせいで、怪異が起きる前から漂う不穏な気配と、本人だけがそれに気づいていない危うさと気持ち悪さにドキドキしました。「まさくに」における家族の形もいかにもありそうで、怪異が起きる前から視点人物に共感してしまいます。

そう、「その弐」は、一巻にも増して、人間の心情や行動も、怪異の描写も、実にリアルです。においや手触りさえ感じられそうな、生きた人間と生きた怪異が描かれています。

それゆえに、この本はとても怖い。読んでいる最中は、最後には尾端が助けてくれるはずと思っていても不安になるくらいに、おそろしいです。

登場人物たちは、聖人でも悪人でもなく、どこにでもいそうな人たちです。余裕がないときは人を傷つけることもあり、でもそれに気づけば後悔する、普通の人です。

だからこそ、自分が怪異に出会った登場人物の立場だったらと、読者は他人事ではないおそろしさを感じるのです。

最後に収録された「まさくに」には、これまでのシリーズを通しても一、二を争う、視覚的にインパクトのある怪異が登場します。人を怖がらせようとしているとしか思えない、そうでないとしたら、よほどの無念を抱いている霊に違いない。そんな霊と、どうやって折り合いをつければいいのか。いくら尾端でも、こんな霊を、気にせずに済むようにできるとは思えない——そう思ったのに、まさか、あんな風に着地するとは(読んで確かめてください)。

尾端が登場すると、彼を知っている読者は、「ああこれで大丈夫」と安心します。そして実際に、大丈夫なのです。

あれだけおそろしかった霊が、どうしようもないように思えた怪異が、姿を変える瞬間の鮮やかさ。魔法のように提示される解決策に、緊張と恐怖がとけていく感覚の心地よさ。

彼はただ、依頼主や怪異の発生源にとっての最善を考え、営繕屋としての仕事をしているだけですが、人も、怪異も、読者さえも、その誠実さに救われるのです。

誰が読んでも、それがいつの時代でも、変わらず楽しめるに違いない上質な物語です。怖い話がお好きな人にも、怖い話が苦手な人にも、是非読んでいただきたいと思います。

本書は、二〇一九年七月に小社より刊行された単行本を文庫化したものです。

営繕《えいぜん》かるかや怪異譚《かいいたん》
その弐《に》

小野不由美《おのふゆみ》

令和4年 6月25日　初版発行

発行者●堀内大示

発行●株式会社KADOKAWA
〒102-8177　東京都千代田区富士見2-13-3
電話　0570-002-301（ナビダイヤル）

角川文庫 23212

印刷所●株式会社暁印刷
製本所●本間製本株式会社

表紙画●和田三造

●お問い合わせ
https://www.kadokawa.co.jp/（「お問い合わせ」へお進みください）
※内容によっては、お答えできない場合があります。
※サポートは日本国内のみとさせていただきます。
※Japanese text only

ISBN 978-4-04-112440-6　C0193

◇◇◇

角川文庫発刊に際して

角川源義

第二次世界大戦の敗北は、軍事力の敗北であった以上に、私たちの若い文化力の敗退であった。私たちの文化が戦争に対して如何に無力であり、単なるあだ花に過ぎなかったかを、私たちは身を以て体験し痛感した。西洋近代文化の摂取にとって、明治以後八十年の歳月は決して短かすぎたとは言えない。にもかかわらず、近代文化の伝統を確立し、自由な批判と柔軟な良識に富む文化層として自らを形成することに私たちは失敗して来た。そしてこれは、各層への文化の普及滲透を任務とする出版人の責任でもあった。

一九四五年以来、私たちは再び振出しに戻り、第一歩から踏み出すことを余儀なくされた。これは大きな不幸ではあるが、反面、これまでの混沌・未熟・歪曲の中にあった我が国の文化に秩序と確たる基礎を齎らすためには絶好の機会でもある。角川書店は、このような祖国の文化的危機にあたり、微力をも顧みず再建の礎石たるべき抱負と決意とをもって出発したが、ここに創立以来の念願を果すべく角川文庫を発刊する。これまで刊行されたあらゆる全集叢書文庫類の長所と短所とを検討し、古今東西の不朽の典籍を、良心的編集のもとに、廉価に、そして書架にふさわしい美本として、多くのひとびとに提供しようとする。しかし私たちは徒らに百科全書的な知識のジレッタントを作ることを目的とせず、あくまで祖国の文化に秩序と再建への道を示し、この文庫を角川書店の栄ある事業として、今後永久に継続発展せしめ、学芸と教養との殿堂として大成せんことを期したい。多くの読書子の愛情ある忠言と支持とによって、この希望と抱負とを完遂せしめられんことを願う。

一九四九年五月三日